다시 돌아 나올 때의 참담함

J.H CLASSIC 084

다시 돌아 나올 때의 참담함

안정옥 시집

지혜

시인의 말

책 한 권,

그러면 한 페이지 속에

말하지 못한 쓰라림

누군가 찾아낼 수 있다는 말인가

산산이 흩어지려는 마음의

그런 순간들을 붙잡아 둘 수는 없나

그래도 아직 나는, 나를 믿고 있다

여기까지 왔으니 내 어깨에 손을

얹어줘야지 그게 내가 가진 전부지

2022년

바람 많이 부는 봄날에

차례

2부

3부

4부

• 일러두기
페이지의 첫줄이 연과 연 사이의 띄어쓰기 줄에 해당할 경우 > 로 표시합니다.

1부

금잔화金盞花에게 전함

새벽 일찍부터 금잔화金盞花 지면
비가 올 것이라고,
그만큼 누군가의 눈치를 살핀다는 말
천천히 걸어 둑방의, 여럿이 함께 모인 꽃들
할애해야 할 일들은 하루에도 수백 가지,
멈춰, 한 송이에게 나를 선뜻 내어준다
피어있는 꽃은 나와 어떤 대체물인가
세상일 중에서 무엇이 먼저인지 지금도
먹먹하다 마음이 환히 드러내지만
물질이 속닥이면 나쯤은 간데없으니까
그에 대한 각별한 생각은 품고 있으나
갈 때까지 가보려는 망가진 생각도 걸친다
다행히 내 겉껍질은 잘 가려져서
그러니 대체로 살아있는 듯이
보일뿐이다 더불어 세상도 그러하다
내 앞의 사람들의, 흔하디흔한 꽃들조차
어떻게 한 치 속을 알아낼 수가 없는가

그래서 꽃처럼 인생도 대체로 잠잠하고
극히 아름답게 반복해서 보일뿐인가

잠잠해지려는 사람들의, 한 치 속 아픔을 위해
오늘 밤엔 빛나는 금잔金盞에 맑은 술 한 잔
부어볼까 그러면 마음이 데워질까

그러니까에 대한 반문

그러니까 내 뜻 없이 이 사람과 저 사람이
합해 내가 되었으니 나는 혼합물인 셈이지
나는 나인 줄 알았는데 나인 것은 하나도 없었어
그러니까 이 혼합물과 저 혼합물에 부대낀다는 것
그건 비애였지
이곳에서 멀리 도망친 날들을 손꼽아봐,
그곳에서 엄청나게 푸근한 다름이 펼쳐질 줄 알았지
그러니까 터벅터벅, 다시 혼합물의 세상으로
돌아와야 한다는 것 그건 비정함이지
그토록 애쓰며 살아야 겨우 산다하는 이곳,
그러니까 한풀 꺾여 그렇게 한풀, 한풀,
풀이 거의 죽은 뒤에야 끔찍한 나로 돌아오지
사람들은 그후에야 사람답다고 말해주지

나는 내 자신을 말해야 될 때
그러니까를 앞세워, 모든 일은 중간쯤에 막히는지 몰라
생각할 시간을 좀 더 많이 벌기 위해
반듯이 그러니까를 쓰고 있어
무언가를 알아듣게 부연해줘야 하는 게 지겨워
여전히 도망치고만 싶은 여기 혼합물의,

그러니까 아직도 나는 그러니까에 근접해 있어

그래서 지금도 중간쯤에 멈춰,

생각할 시간을 좀 더 벌기 위해

그러니까를 아직도 내 앞에 세우고 있긴 해

꽃들의 역습

꽃은 이제 달빛이다
달빛을 그럴 듯하게 찍어낸다
월광초月光草를 받아내려, 내가 그곳으로 가려면
몸을 달의 형상으로 휘어야 한다

한 송이 걸렸다
나는 얼마나 오래 떨리도록 꽃을 탐했나
책상 위의 꽃들이 시큼해질 때까지 묶어 두었다
꽃들은 내 슬픔의 지지대,
이런, 달빛만 끌어당기려 했는데 줄기까지 왔다
맺음을 망가뜨렸다고 바로 공격한다
줄기의 즙, 허연 독을 내 손 거쳐 얼굴로 보냈으니
꽃만 남들보다 돋보이기를 원하는 건 아니다
그걸 들여다 볼

거울이 세상엔 너무 흔하다는 것
수십 송이의 꽃들이 때로는
운명이 그곳에 있다고 서술하기도 한다

달빛 타고 얼굴로 흘러 온

희끄무레한 독이 화끈거려라
절뚝이며 꽃들이 달빛 맞는 날
부글부글, 주위 꽃들마저 분질러 버리겠다
월광月光이 돋보이는 날 찾아 갈테니
잠시 기다리라고 꽃들을 어루었다

가장 詩적인 것은 파주把住

그는 파주把住, 마음속에 간직하여 두란 뜻의
나는 신원伸寃, 풀어준다는 뜻의
중간쯤에 우뚝 선 이는 공덕功德역이다
뜻은 어찌 있나 말귀도 못 알아들으면서
그런 자질구레함이 따라 잡히는 저녁
가장 詩적인 만남을, 공덕역 9번 출구에서 기다려봐
이미지는 어디에, 사심가득 카페엔 혼자인
사람 틈에 오늘도 혼자이다
나는 블랙러시안을, KGB에 저항하겠다는
의도가 담긴 술, 그걸 주문한 자체가, 당신은 하바나,
술잔 속의 얼음들은 곧 저항을 풀어줄 것이다
어두운 곳과 덜 어두운 곳의 처지가 詩적인 일
우린 서로 심금을 울리지도 않아 그것도 내겐 詩적이다
캄캄한 거리, 내가 혼자 하는 것들을
어른다는 사실도 알고는 있다
그럼에도 어진 덕德을 아울러 가득 담은
공덕역으로 가고 있는 건 도대체 무언가
혼자 하는 방식들의, 詩적인 것들의 대가가
결국은 이루려하는 공덕 아니겠는가

까치에 대해서 몰랐던 사실

까치에 대해서 몰랐던 사실이 수백 가지
24일 후에는 둥지를 아주 떠난다니

어디서든지 까치를 보면 손을 흔들어줘야겠다

안락사 중인 개의 후각에 맞서

귀가 축 늘어진다는 것은 근심이 모인다는 말, 그런 내 몸으로 봄잠이 찾아들지 치사량의 주사를 놓고 있는 이의 정적을 알아차리지 사실 움직임 없는 것들을 나는 식별하지 못해 그래서 죽어가는 정적을 가늠해보려 킁킁거리지 날 부르던 소리, 그들이 혀를 아랫입술에 두드리며 침이 잔뜩 묻어서 나오던 소리를 좋아했던 날들 부드럽게 쓰다듬던 손길 구름처럼 흩어졌지만 이제는 홀로 가게 버려두는가 그것이 사랑이었나 한 번 더 묻고 싶어지네

몇 분 동안 내 몸 여분의 빛 남아있을, 길면 다시 은빛다리까지 건너갔다 올 여유가 주어질지는 모르지만, 언젠가 내게 다짐해 두었던 말, 하다못해 바람에 붙들린 한해살이 꽃이라도 될 생각에 홀로 짖은 적 있었지 마음은 언제나 내 앞에 우뚝 서있지 그랬건만 아무래도 다음 생에서 나는 하이에나가 될 것도 같아

아무것도 아닌 일에

아무것도 아닌 일에
정말 아무것도 아닌 일에
마음 쏟아 붓는 사이,
해야 할 일 손조차 못 대고
조금 전까지 했던 말,
정말 시간이 없었다고
입에서 흘러나온 그 말을
어떻게 정정할 수 있을지
내버려둔 것과 일치할까
다시 생각해보라는 격언이다

나비 부적

누구나 갖고 있는 부적, 자신을 보호하기 위해 입력해 놓은, 내게는 천천히와 한 번만 더의, 천천히는 앞 뒤 가리지 못하는 걸 탓하려는 것, 한번만 더는 상대편에 관한, 한번만 더가 내 앞이라면 내 일생동안이 되었을 것이고 내 앞에서 이것도 저것도 아니었다면 남의 일생동안이 되기도 했다 이미 정해진 몇 번 오진 않는 굴레도 있긴 하다 그 외 자질구레한 것들, 길고양이가 한 번 더 내게 온다면 그 이름을 버려야할 것, 한동안 내 손에 쥐어주던 문예지가 한 번 더 와준다면 계속쥐고 있을 것 같다 당신이 내게 한번만 더 와준다면 당신에 대한 그리움을 버릴 것 같다 그러나 매번 한번만 더, 내게 중얼거리면 책은 다음에 끊기었다 고양이는 다시 오지 않았고 수려한 꽃 앞에 다시 서는 일은 없어졌다 당신은 더 오지 않을 테고 그렇다고 쉽게 오는 법도 없듯 아카시아 꽃 냄새가 어깨에 차오른 후, 그 틈 놓치지 않는 개구리의 울음 부여잡고 난 뒤다 당신 옷에서 풍기던 매캐함 맡은 후에야 밀려오듯 매캐한 당신의 땀 냄새를 맡고 난 뒤에야 삶의 진국 같은 걸 알아차렸다 그것이 한번만 더가 갖추고 있는 부적에 숨겨진 나에 대한 정중함이다

누구나 한창때가 오듯

지난해에는 대벌레들이 불빛을 이어지듯
그 지난해에는 매미나방이 계단을 훑듯
봄부터 제비들이 추녀 끝에서 펄럭이듯
나는 제비들이 제비 아니게 할 수 없듯
그걸 바라보는 인간은 모르는 것이 많듯
책에서 배운 것은 이미 멈추게 되어있듯
마음은 저마다 각각, 일일이 맞추기 힘들듯
그가 말하지 않기에, 꽃들이 심중을 펴지 않듯
세상은 그저 대부분 눈치로 살펴줘야 하듯
사전에서 조차 남의 마음을 미루어 알아내는
힘이라 하니 그러면 나는 그런 힘도 없는 듯
그저 추측하건데 누구나 한창때는 공평하듯
비가 없는 장마 막간에, 사람들의 꿈같은 짓,
그런 한 때나 바라봐야하는 내가 슬퍼지듯
이 슬픔을 누구에게 나눠주지도 못하면서
그저 꼼짝없이, 제비의 한창때가 와있는 것을
당신이 가야할 때를 바라봐줘야 하듯
내 삶은 아프다 당신은 그렇지 않은가 묻고 싶듯

말, 말, 그놈의 말뜻

뒹구는 밤은 이미 쓸모없는 밤인가
늦은 밤중, 쓰레기봉투 속을
까치발 세워 오른 손 힘껏 올리는 고양이
겨드랑이 아래로 갈비뼈가 싸리 울타리다
나를 피하기는커녕 관심도 없다는 듯

2월이다 꽃이 얼었으니 고양이도 얼었다고
생각한 적 없다 몇 끼를 거르고 왔나
건너뛴다는 말을 꽃이 얼었다고 나는 받아
든다 동물들도 한 밤중 별을 건너뛰나
말들을, 한 시절 말을 다스리려고만 했다
눈 뜨면서부터 이불 속 기어들기까지
그놈의 말, 말들에 치인다 사납게 달려든다
눈에 보이는 온갖 그른 것들 그들이 흘리는
횡포들을 덮어주듯 덮을 눈이나 보태줘
아직 내 다리가 눈 덮은 다리로 갈 수는 있다
고양이가 허기를 내게 들켰듯이
내 허기를 누군가에게 들키기도 하여
그래서 세상엔 의인화할 대상들이 수없이
잠복해있다는 뜻, 그게 글 찾는 묘미

그러니까 말을 잘 다스리려는 직업은
그렇게 나쁜 쪽에 속하는 것은 아니다
사납게 여기까지 오겠다고 날뛰는 말, 그 말은
그대를 놔주지 않겠다는 굳은 언질言質이다

고양이와 탱고를

건물과 밖의 경계에 누가 감나무를 심었나
삶은 그들을 기억해내진 않아,
누구도 감나무가 해마다 가지를 한 뼘씩
들어 올린다는 걸 눈치 채지 못하지 내손마저,
장대로 두어 번 건드렸을 뿐인데 떨어지는 소리
가득 메우네 하나는 으깨어졌어
몇 발자국 가다보니 얼룩 고양이 망설임 없이
감을 집어드네 오물오물, 많이 본 평상심平常心
그나저나 후식을 함께 즐겼으니
어디든 다시 즐길 거리를 찾아나서야 하지 않을까
고양이가 싫은 내가 무엇을 함께 할 수 있을는지
그는 유연하고 앙칼진 외모를 지녔으니
왈츠는 아닐 테고, 그래 탱고가 어울리겠지
지금의 의상과도 어울리니까
지치도록 춤을 추면 너도 나도 배가 고파지지
우리는 허기에 버려진 죽기 직전까지
너는 냄새나는 쓰레기통을 뒤져야 하고
나는 밥 한술에 냄새나는 세상을 뒤적거리지
그러니 달콤한 감의 후식은 차라리 행복한 선택
이곳에선 너와 나는 책무와 역할이 다르다 해도

이것 하나, 달콤한 후식 시간을 누구에게도 뺏겨선
안 된다는 거, 최후의 성찬이 될지도 모르니까

슬픔의 혀들

지아조토의 '아다지오 G단조' 들을 때마다 서있는 것들이 무너진다 합심하여 찾아드는 유령의 입들, 희미하게 가려진 알비노니여, 애절한 선율은 잊고라도 펑펑 비 오는 날 빗소리 음향만큼 소리를 올려줘, 그렇게 해야 뼈속까지 빗물이 고여 그 곡을 연주하는 하우저의 공허함을 채우는 눈빛, 또한 한패다 그들이 하나의 목적이었다 한 악보 속에 세 사람이 들어갔다 한 사람의 몸으로 나올 수밖에 없는, 악보를 빙자한 마음이 먼저 간과한 것 아닌가

밖에서 비 맞는 홰나무와 안에서 비맞는 내가 한패, 마음에게는 위력이 있다 그런 힘에 깊이 정복당해 모든 것이 제자리인데 그것만 가지고는 이 삶이 되지를 않는가 몸이 몇 개의 공간도 되는, 그것들이 살을 뚫고 삐어져 나와 자리잡는다 슬플 때는 슬픔의 혓속깊이, 혀뿌리가 뽑혀져 나올 때까지 입술을 끌어당겨줘, 입술을 떼면 내 혀 같지도 않게 얼얼한 문장으로 물방울도 더 이상 공중에 떠 있을 수가 없으면 비가 되듯 공중에 떠서 내려오지 못하는 슬픔있다 비가 되지 못하는 대신 잔뜩 뭉갤 뿐이다 빗방울만이 내가 더 나은 문장을 채울 것을 일러주듯 악보가 되고 詩가 되려는 것 들을 들어달라는 간肝이 내는 곡哭 아니던가

늙은 늑대와 늙은 여우

늙은 늑대와 늙은 여우가 만나면
가장 먼저 해야 할 일이 있다
젊어서 해보지 못한 오래 묵은 화해를
풀기는 풀어야 할 것이다

지중해 혹은 꿈의 궁전

11월 내리는 비는 뒹구는 낙엽 위로도
바라보는 마음 위로도 추적추적 거려
그럴 때 멀리서 이끄는 〈지중해〉와 〈꿈의 궁전〉
간판들의 불빛이란
산중에서 길 잃은 선비가 불빛삼아 찾아나서는
오래된 이야기와 닮아있어
잠시 멈춰 다음에 올 것들을 생각해야해
지중해로 먼저 갈 것인지
정하기만 하면 나는 곧장 키프로스에 가 있어
투명한 파란 하늘아래 해변에 누워
태양을 만끽하는 그곳은 크레타 섬인지도 모르겠어
삶을 마음껏 즐기는 그들과 몸이 닿으면
나는 들풀처럼, 그러면 다시 어디로 가볼까
코르크나무와 오크나무가 숲을 이루는
튀니지? 그곳에서 나는 무얼 하며 먹고 살지
많은 여자들이 문자해득이 어렵다하니
문자나 가리킬까나
꿈의 궁전은 어떻게 하고
솔직히 꿈이나 망상 따위는 끔찍해
무슨 일이든 시작과 끝이 모조리 꿈이야

내 몸은 온통 망상덩어리,
들어갔다 나올 땐 허무해 문턱에 울음이 걸려있어
봐, 아직도 크레타 섬 해변을 서성이고 있잖아
이제 흐릿한 불빛 삼아 집으로 가야해

아침에 눈뜨면 궁전이나 지중해는 온데 간데 없어지고
허허벌판에 혼자 누워있는 나를 보게 돼
어제 밤 유령과 함께 말하고 유령과 함께 잤을까

2부

당나귀, 당나귀의 꿈

　나에게 8살 억압이, 당나귀가 짐을 가득 실고 채찍 든 주인과 가는 걸 보면 사라질 때까지 나는 사라지지 않는다 눈이 젖은 말이나 노새, 그들 눈은 왜 물밭인가 작은 체구로 하염없이 걸어가도 나오는 곳은 길뿐이다 체격에 비해 거친 음식도 가파른 고산지대에서 살기 적합한 건 커서 알게 되었다 힘은 세지만 아주 소심한, 내 눈을 조금만 뒤로 돌리면 나귀타고 가는 사람도 보여, 그러니까 과거의 사람을 업신여기거나 오래된 책을 혐오해서는 안 된다 우린 그걸 옛날 법식, 또는 고전이라 부른다 수나귀와 암말로 만든 노새, 혹은 암나귀와 수말로 만든 버새, 비운의 손짓으로 만들어졌을 뿐이다 잘못된 고전, 당나귀나 노새들이 주인과 함께 걸어가던 뿌연 길에서 멈춰봐, 분별력 없던 어린 날을 찾아낸 것만으로 내 분별력은 당나귀처럼 왜소하다 힘은 세어졌을 것이다 그러니까 눈앞에서 아주 미미한, 무엇이든지 나를 스친 누구라도 사그라지지는 마라 잠시 본 당나귀를 담아내려 눈을 크게 뜨고 숨을 참아내며 온몸을 열어 제친다 이제는 당나귀처럼 나를 거친 밖으로 드러낼 때가 되었다 이제는 당나귀처럼 스스로 나에게 기대도 될 힘이 생겼다

부사副詞의 달큼함에

부사를 많이 쓰는 글은 좋지 않다고 해
수식의 가장 아래쪽이라 생각하니 그렇지
붉게 물든 벗나무 잎을 주워서 보면
구부러진 날들이 이파리 안을 가득 채워
애쓴 역할들이 숨기에는 잎 하나에도 충분한
내 몸을 촘촘하게 메운 실핏줄에도
구부러진 나날들이 남아 있다는 뒷말이지
잠깐 한숨 돌리게 하며 고요함에 녹는
그를 부사라고 단숨에 말해줄 거야
가끔 숨어야 하고, 숨을 곳 필요하긴 하지
있다고 생각되는 막연한 그런 역할
설마 제발 아마, 말하는 너의 태도보다도
바로 보다도 또는 곧으로 다음 말 이어주는
마음을 들킬 것 같을 때, 어렴풋한 울림을
어쩌지 못할 때 부사의 품에 내 머리를 갖다 대
무성한 풀들 베어서 쌓아놓은 그런 곳의
그러니까 그러므로 그래서에 침투해있지
동작이나 상황들이 내게 어떻게 일어나는지
그나마 대역으로 치러지는 그게 나의 부사지
그것만 아니지 발음은 같지만 다른 뜻도 되는

달큼한 부사富士를 살짝 섞어 쓰기도 해

그래도 부사를 쓸 수 없다면 나는 시체屍體,

시체詩體라는 말도 되지

잘못 든 길이 있었다 하네

잘못 든 길이었을까 지금 걷는 이 길도

산의 끄트머리 어디쯤 잘라 도로를 잇댄,
그 길을 잘못 들어섰다며
툴툴, 돌아서는데 지금은 아마도 한낮,
조금 전까지 들고 온 마음 어둑어둑했는데
숲은 나무들로 잇댄 온기로 마음을 툭, 치지
그러면 잠자던 내 촉수들이
가시박덩굴처럼 기어 나와 숲의 모두에게
착, 착, 감길 것이네

그만, 그만, 내게 재촉하는 시간들은
나뭇잎만한 무게와도 견줄만한가
여기에선 아무도 내게 말을 걸어오지 않네
숲에선 놓고 올 것이라곤 아무것도 없어
울음소리 같은 걸 이해하는 방법만 알려주지
곧 그런 숲에서도 멀어지겠네
때때로 잘못 든 세상 어디쯤 혼자 들어섰다
화들짝, 다시 돌아 나오기도 하였겠네

슬픔의 활용법

내게 왔던 슬픔도 쓰이는 방식을 조금 바꾸거나
손질하면 다시 쓸 수도 있다
해진 곳에 다른 비슷한 천을 대어 누덕누덕 기운 옷도
걸치고 나면 몸을 따뜻하게 대해주듯
그렇게 활용하는 방법들 그러니까 슬픔은 슬픔에게
맡긴 후에야 특유한 맛과 여운으로
자신을 방어한다는 그게 슬픔이 내는 구시렁 거림이다
슬픔을 아주 단숨에 다 잡으려 말고
그러니 슬픔에게 겉옷도 입히지 않고 억지로
내보내지 마라는 거겠지

오이뿔

오이를 손질하기 전 소금을 뿌리는
방법도 있다 무수한 뿔을 가졌으면서도
자신을 보호하지도 못하는
방금 딴 오이를 자르면 솟아오르는
물방울에 대해 말해보자
입 속으로 들어서는 순간, 순식간에
빨려 들어가는 온기를 어떻게 설명하나
내가 뿜어대는 온기 또한 너는
어떻게 받아들이나 그건 살아있다는 물증
두 가닥 떡잎이 발꿈치를 세웠다 무엄하다
그 이후는 순전히 바람의 입김들
흔들림 앞에서 온기가 있는 것들은
무릎부터 굽혀야 한다
소금에 취한 오이가 잠시 울부짖었듯
나는 또 얼마나 울부짖었나
부러진다는 것은 무수히 숨을 죽여야만
그래야 먹기에 좋고 살기에도 알맞다
내가 너에게 이렇게 다감하게 대할 수 있는 것도
그만큼 쓴맛이 없어졌기 때문이다

눈이 온다 그래, 함박눈이 펑펑 올 줄 알았어

동조, 동의, 동요, 동참의 모든 것

내가 그렇다고 치자 그도 그러하다고
이것과 저것에 근거해있다 이것과 저것은
그가 가려는 곳과 내가 가려는 곳
그가 펼쳐놓은 책, 내가 읽던 책이 다르다
마시는 술 종류 다르듯 취하는 네 식과 내 식
무리에서 빛을 내며 이탈하는 별도 있다
지상과의 동조, 그만큼 대가를 치르고
마음만으로 너도밤나무가 나도밤나무가,
되기는 쉬워, 이해할 수 없는, 그쯤이다
마음이 왔다 갔다 하는 게 삶의 단락이듯
그 단락 어디쯤에서 우리는 헤어졌다
껌처럼 다시 붙지 못해 이리도 애쓰나
그런 것이 전혀 어색하지 않은 것은
내 말에 그의 말에 동조하고 동의하며 동요하며
동참하기 때문이다 내 앞으로 별똥별이 휙,
집으로 돌아와서도 입던 옷에선 아직 빛이
걸을 때마다 반짝이던 구두의 향방도 그대로다
그가 입었던 옷과 구두, 며칠 온기가 남아주듯
오늘의 동조 동의 동요 동참은
별자리까지 갔다가 내 옷걸이에 걸려있다

이 옷은 또 다른 동조를 얻기까지 당분간은
같은 냄새를 풍기며 이슥하게 걸려있을 것이다

담쟁이덩굴 같은 라틴어들을*

    히니* 詩의 구절이 내겐 한동안 담쟁이덩굴, 궁금한 건 멀리 보내지 않는다 잠깐 쉬는 틈에도 내 벽에 내가 기어오르는 두 손, 그런 것들은 다시 오게 되어있다 무료하게 영화의 자막에 몰두하는데 담쟁이덩굴 같은, 무성한 잎들 떨군 후 줄기들만 앙상하게 벽을 부여잡는, 그것이 히브리어, 담쟁이덩굴 같은 히브리어를 읽어내는 나의 한밤중, 몇 가지 바꾸어야 할 항목들이 있긴 하다 글을 쓸 때 오른쪽에서 시작하며 왼쪽에서 멈춰, 왼쪽에서 멈추는 그들 식, 그렇게 히브리어를 읽는, 누군가 개입한 건 아니다 한밤중 편지를 쓰는 주인공의 어깨 위에

    언젠가 담쟁이덩굴로 가려진 건물 근처를 지나면 호흡이 쉬는 것을, 이상하게 점령당해, 사람은 다리 위에서 멈춰야 할 때가 오고 개양귀비 꽃 앞에서 멈춰야 할 때도 오긴 해, 눈에서 사라진다해서 끝난 것은 아니다 오늘 본 것을 내일에 맡기듯, 어렸을 때 본 모든 것이, 어렸을 때 겪은 모든 것은 이미 그것으로 충분하다는 말, 그러니까 나는 미래에서 왔다 삼킬 듯 담쟁이덩굴 앞이다 겨울이 되면 비로소 나타나는 그들 정체, 나와 함께 견디겠다는 이리저리 뒤섞여 얽혀 있는 문자들 아무 말 없이 잠잠해 내 생각을 내가 혼자 기록해야 하는 한밤중, 누가 이렇게 오래 동안 개입해왔을까

    * 셰이머스 히니Seamus Heaney : 아일랜드의 시인.

어여쁘다 오월

어여쁘다 오월은
상수리나무 그늘 혹은 찔레꽃 그늘로
가보라는 말이겠지
내가 유독 어여뻤을 때 찔레꽃 그늘에서
그땐 꽃 그 자체와 너무나 가까웠지
여윈 것이 다다른 뒤에야
너무 많은 것들을 찔레꽃 속에
숨기고 있었다는 걸 알았지
아차, 하는 순간 드러나는 삶의 애통들아
그래서 찔레꽃 입을 다물어 버렸나

콘크리트에 관한 굳은 생각

무엇과 섞이기 전에는 시멘트라 부르고
섞이고 난 후에는 콘크리트라 부르지요
거기에 철근까지 끼워 넣는다면
이 좋은 배합, 이 같은 다정함이 어디 있나요

그러나 이 좋은 관계도 점점 부식될 때가

세상에서 아무리 다정하게 합해져도
그저 한때의 후광이었다는 거
내게 단 한 사람으로까지 지칭되던 그도
그저 한 순간의 후광이었다는 것을
남들 보기엔 완벽해 보이는 이 물질들도
서서히 상해 가는 과정을 비껴갈 수 없듯

가을이 잠깐 생각할 여분을 보태주어

이리와 봐, 여기 벤치에 등을 맞대고 앉아
왜 이렇게 덧없는 후광 속에 제 몸을
보태줘야 하는지는 잠시만 접어두고
그저 뜻 없이 불어오는 건들바람에게

당분간만 맡겨 봐요

누구와 혹은 무엇과도 섞이기 전의 나로
남아있게 혹은 그것에 못지않게
그러면 내가 담쟁이덩굴의 몸체 같이
휘둘려 쓴 뜻을 알아들을 수는 있을까요

출구가 없기는 곳곳이다

왕벚나무 터널이 꽃보다 사람으로 즐긴다
환한 표정으로 떠벌리는 듯한 꽃들을 보면
누구는 애써 심어서 사람을 불러들이고
누구는 애써 사람 없는 틈에 슬그머니 든다
이곳에도 출구가 없다는 걸 미리 알았다면,
나와는 그만 헤어지자 그래야 삶이 가장 좋다
나를 대체할 수 있는 건 여기 모두 있다
꽃 한 점으로 나를 확인하겠다는 방법
기가 막힌 꽃 사이로 들어섰다 나온다한들
사라질, 짧은 정기를 어찌 탐할 것인가
꽃과 맞닥트리면서 내게 처한 이 곤경을,

꽃이 나를 그만 놔주라는 뜻일 것이다

이별의 몸가짐

　집은 숲 근처, 숲 쪽의 창은 허공을 둘러막은 유리, 가끔 새들
이 텅빈 공중인 줄 알고 날아들었다 쿵, 요란한 소리 새 한 마리
버둥거린다 생각보다 새의 몸은 뜨거웠다 눈만 껌벅이는데 잔
뜩 피꽃이다 무겁다 연두무늬로 내어준, 원래 새는 제 몸을 사
람에게 보여주는 걸 거부하지 소리만 내어주니 소리만 받을 뿐
이다 새처럼 완곡하다 나무젓가락으로 물을 넣어주니, 사람이
든 새든 긴박한 상황에서만 제 몸을 맡긴다 검은 부리는 쇠와 같
아서, 저 부리로 얼마나 많은 곤경을 건너왔을까 깃털과 할딱이
는 배를 쓰다듬는 걸 동의해주겠는가 새처럼 모든 사람이 모든
곳이 허공이라 믿고 싶어진다 한창 푸득거리더니 몇 번 휘청, 날
수 있다 숲으로 들어서며 제 몸으로 돌아간 듯 그제야 나는 허공
이 아니다 그가 있던 자리에 깃털 하나 떨어져 있다 그 사람과 이
별할 때 그는 아무것도 남기지 않으려했다 나와 관계한 이별들
은 늘 나보다 한발 앞서온다 만나거나 헤어질 때의 몸가짐 없이,
이 깃털로 가장 아름다운 펜을 만들어야 할 근거가 있다 미루고
피하기만 했던 그와의 이별에 대한 답례를 이제는 쓸 수 있을 것
같다

사소한 감정

가을비가 손목에 닿으려나
우산을 펼쳐 놓은 채 문밖에 세워두고
상점으로 들어간 사람, 곧 나오리라 생각했지요
그런데 이야기가 한 뼘, 한 뼘, 늘려져요
말소리는 빗줄기에 갇혀 표정만 빗발쳐요
우산은 딱히 무료하고 바람은 거세져
몇 발, 몇 발씩 혼자 옮겨가네요
누가 더 초조할까요 우산, 아니면 주인
그런데 한 사람 비에 잔뜩 물들어
우산 근처로 천천히 걸어와요
걸으면서 힐끗, 잠깐 망설이는 게 보여요
사소한 감정은 늘 1초, 2초 사이에서
입을 굳게 다물어 버려요

조금 후에 한 아이도 비에 물들어 건둥건둥,
우산 앞에서 한 치 망설임 없이 냉큼 들어,
빗속을 걸어갈 때는 누군가 들어줘야 해요
그것을 정성들여 만들어 낸 이도,
그러니 길에 펼쳐진 채 서성이는
방치된 우산은 버려진 것이나 다름없어요

또한 우산은 얼마나 속수무책이겠어요
우리 모두는 사소한 감정에도 어쩔 줄 몰라
허둥대는 물질들이니까요
세상에 쓰이는 모든 것들을 때로 곱게 접어
세워 놓아 줄줄도 필요하긴 해요

덩굴장미와 그와

기우는 밤, 어쩌다보니 그의 집 근처까지
다행이네 달 흐릿해, 나도 흐려졌을 테니까
몇 걸음 후, 담 위에 덩굴장미들 들러붙지
품위로 보면 장미가 쉽게 거절하듯,
낯선 덩굴장미, 몇 가지 색이 살짝 버무려진
요염하지 않은, 며칠 그 장미가 막무가내지
남자들이 여자를 꽃으로 대칭할 때 있듯
누워서도 어른거렸다면 얼마나 참담했을까를
꽃이 문장, 사람이 문장의 덩굴도 되겠지

지금은 날씨도 며칠 전 상황과 다름없어
흐릿한 날은 마음 정리가 더욱 선명해지지
다시 그 꽃을 헤아려 볼 여분은 없을 거야
그저 몇 가지 감정들이 살짝 버무려진
피스덩굴장미처럼 새로운 품종이겠지
척박한 토양과 기후를 잘 견딜 것인가
두고 봐야하겠지 서로에게 어떻게 얽히게
될지는 더 많은 시간들이 필요하지 그와도,

십분의 일 만큼만

부모가 떠나, 형제들은 그들이 가진 것들을 처분했지
남은 셋은 졸지에 지붕 위 수탉만 쳐다보았지 뜻이라는데
그러나 머릿속에 안개가 끼여 언제 반짝 펴졌을까를
생각하며 나는 시집 원고만 눈부시게 매만지고 매만졌지
내가 하는 이 일에 비하면 다른 건 이미 막을 내린 별들
늦더위 없이 장마 사이사이 기다리고 기다린 답은
출판사와 맞지 않아 어렵다고 왜 그리 어려운 말 쓰는지
모르겠어 내가 詩에게 미흡했다면 그 말은 잘 알아듣지
맞지 않는다는 건 무엇인가 설마 합슴이 안 됨을 뜻하나
내가 쉽게 알아듣는 건 합한다는, 그건 씹을 말하는 건데
그게 크면 자만에 빠지기 쉽지 갈고 헤아려 누군들 우러러보지
그러나 작으면 몇 번씩 빠지니까 김이 샌다는 말도 되겠지
이 합슴이 아니고 어찌 아니할 합會이 맞지 않은가 그렇지

살면서 무릎을 꺾어줘야 할 때가 몇 번 찾아오긴 하지
나만 그런 건 아니지 아인슈타인도 첫 논문이 실렸을 때
5분 동안 수탉 흉내를 냈다하지 십분의 일을 믿었을 때겠지
더 가기까지 얼마나 많은 수탉들이 필요했던 것이었을까를
지금 알아낸 것처럼 미안하다 다 아픈 손이었다 그런 마음은
소용이 없는 잡초들, 심중의 십분의 일, 그것이 문제였지

십분의 일도 괜찮다는 생각을 갖게 된 내력이 잘못이었지
이렇게 겨울 가고 찬란한 한때들이 무자비하게 없어진다 해도
십분의 육이나 구로 조절한다면 어떨 건데 누가? 왜 그러는데
어렵게 말하지 말고 내가 알아듣게 쉽게 말해봐,

내가 말하고 있는 이때를

지금이다
이것인가 저것인가 가치만 찾는 동안
그것들이 내 모든 입들을 경계했다
미처 챙겨보지 못한 따뜻했을 감정들
내가 가려했던 모든 방향의
그 모든 행위의 사랑들이
한 순간 쏟아지기는 쉬웠으리
본래 내용과 다르게 포장되나
뜻대로 되는 세상을 신들조차도
살아내지 못했다든가
그나마 찾아낸 것이 흙속에 묻은
지금이라는 희귀한, 나의 평생은 그로부터 시작되고
그로부터 끝날 것도 같다
그럼에도 당신이 지금 내게 오려하는
까닭을 이제는 알 것도 같다
꽃들이 산재한 어딘가로 날 데려가려는
분주한 당신의 발소리 때문에 놓친 게 있긴하다

예전이라 부르는 지금에 앉아 있으면
이 지금도 곧 정처 없이 흐려질 것을

내가 본 지금들이 여기서 버려지고 있다
생의 짧은 외마디들이 마디처럼 잘려나가고
그럼에도 내게 가장 찬란한 빛은 지금이다
당신의 가장 찬란한 지금으로
나의 지금이 발 동동거리며 가고 있다

억새였어, 당신은

내가 흔들릴 때조차도 혼자는 못하지
사방이 푸근한 당신에게 들러붙어
당신이 먹을 밥에 몰래 숟가락질해가며
잔뜩 기대어 이 세상 조금만,
아니 엄청 많이 편하게 살려는
마음을 숨길 수가 없다는 뜻이겠지
당신의 발밑에서 숨듯
꽃 피우는, 당신이 있어 그게 나지
담뱃대더부살이야 속은 더없이 화려하지

3부

완두콩 혹은 강낭콩 한 자루

더위가 기승을 살짝 부릴 때쯤 콩들이 여물지
완두콩이 먼저지 몇 자루씩 쌓여있는 상점의,
건승으로 물어보지 그걸 사들고 오면 마음이
어쩌다 들어있는 상한 콩 같다는 걸 뜻하지
밥에는 늘 콩이 섞였는데 그놈 풋콩은 정말 싫어
송편 속에 그게 들어있으면 멀리 던졌지
이가 갈리게 완두콩을 다 까놓고는
그러니까 나는 콩이 필요했던 게 아니었지
콩을 까며 모여 앉은 산문들에 기울인,
못들은 척, 집집의 살아있음을 듣는 게 좋았지
때때로 혼자 콩을 까면서 하고 싶은
나에게도 선뜻 하지 못할 이야기가 있다는 것이지
수북하게 쌓여가는 빈 껍질이 내 속이 듯
뒤늦게 내게 무슨 짓을 했는지 알아보았지
완두콩은 생각을 튼튼하게 해주고 붉은 강낭콩은
기적의 식품이라는데 엄마는 내가 언젠가 기적을,
내가 눈물 흘릴 만큼의 열정 뒤에 답례처럼 찾아올
그런 기적을 이루리라는 걸 미리 감지했던 거겠지
그러니까 완두콩 집의 다정한 완두콩마냥 불화 없이
세상을 살라는 뜻도 포함되어있겠지

내가 안정옥하고 불러줄 때가 있어

상심에 지친 몸 속 한 부분이 가득 차서
무슨 말이든 내게 간절하게 해주고 싶어
우선 뚜벅뚜벅 아닌 출렁출렁 걷고 있는
나를 불러 세워야 된다고 생각했어
이 자식아, 그건 아닌 듯해
정옥아, 나는 나와 그렇게 살갑지는 못해
남이 부르듯 안정옥, 하고 불렀어
고심하며 내 이름을 지어 준 사람도 있었지
지금은 내 이름조차 모르는 사람들 틈에서 살아

내가 내 이름을 불러 준 이후부터
뱀 같은 혀들이 더 애타게 불러 주었어
몇 번 하다 보니 서먹하던 감정도 사라져
내 자신을 나처럼 믿었던 암시,
나와 내가 함께하는 분위기가 되었어
마음을 나에게 맡겼듯 이젠 나에게 맡겨도
되겠다고 생각했어
내 이름은 오랫동안 나를 먹고 살았잖아
실수해도 내 이름은 푸드득거려선 안돼

\>

온갖 방법을 쓰며 누구나 온전해지기를 꿈꿔
자기와의 싸움에서 이렇게 장기간 끌려
다니는 건 사람뿐일 거야
이다지 힘든 고독에게 평생 먹여 줘야 하나
남도 아닌 내가 나를 수없이 겨냥한다는 건
곤혹스런 일이긴 해
그러나 남이 아닌 나 자신에게 이렇게라도
불러 줘야 해

안정옥, 그러나 세상 너무 멀리는 가지 마,

U턴과 Q턴 사이에

거리의 도로는 가려는 곳과 하려는 일들로
그득 차있지 나와도 흡사한 벌목 냄새로,
죽으면 도로를 통과하며 이 생에서 나가겠지
하염없이 펼쳐진 길은 외롭다 새 길을 찾아
그래서 쭉 뻗은 도로를 언제부터 폄하하였지

멈춰야 할, 빠져나가야 될 때를 지나친 적의
표시는 저리 많아, 내겐 너무 많은 U턴
지나온 길을 다시 돌아 나올 때의 참담함
그것만이 아니지 도로는 커다란 입

P턴도 있고 Q턴도, 그렇게 흔하진 않지만
금지구역을 벗어나라고 드러낸 것뿐이지
드러난 길로만 가겠다는 뜻은 아니지
시간을 허비하는 그게 내가 하는 짓이지
그런 짓이 도로의 표시와도 닮아 있어
온갖 굴곡 앞에서도 옳은 방법을 가리키고
있다는 걸 알아차리기는 하지
그런데도 정도正道를 정도가 아니라 우기는
내게 그렇게 살려면 과한 벌금을 내던지
그 대가를 톡톡히 치르라는 뜻이겠지

10분 동안에

드물게 그 다리를 낙타처럼 터벅터벅 걸어,
가려는 읍내는 그 끝에서부터다
햇살은 물고기 비늘, 사뭇 강물 껍질은 뒤집혀
강물은 오래전 거저 흘러와서 거저, 그렇게 쓰여
멀리에선 나룻배 한 척이 고요를 선적시켜
배는 탔을 때의 즐거움을 갖은 듯, 그랬겠지
오래전 살아서 풍류라는 이의 뒤치다꺼리에
혼미할 때, 내 글귀는 무사히 마칠 수 있을까
질투가 많은 내게 너는 칠거지악과 새벽길 밀었나
내 뜻은 언제나 버려지고 반하지 않았다
마녀사냥으로 불에 타기도 했을 것 뜨거워라
살아서의 고통은 10분 안에 끝내줘,
그래도 쓰려든 글은 무사히 손끝으로 오나
전날의 한숨이 멍들어서, 이렇게 쓰여진다
살아남은 자, 詩 제목처럼 나, 살아남은 자인가
긴 세월을 낙타처럼 걸어가게 하며 10분 동안
거두게, 누가 나를 이렇게 쓰려는 건가
쇠가 쇠를 더 날카롭게 하듯
내가 나를 더 날카롭게 하는 건 살아남은 자가
치러내야 하는 슬픔 같은 것인가

떨기나무에 붙잡혀있구나

걷기 시작한 후로 틈나면 밖을 기웃기웃
천 필의 은색 실을 풀어 헤치는 한낮들
가보려 하나 돌아오는 것이 내 걸음이다
들판이 나와 함께 쓰이듯
며칠 전에 없던 흰 꽃들이 발길을 불러
떨기나무 있는 곳 너머 가보면 좋으련만
나보다 큰 새가 나를 닮은 눈으로 말문을
튼다 한 뼘 씩 가라,
어른들 없이도 해야 할 일들이 촘촘한
숨을 내쉬는 꽃들과 들이키는 꽃들의 이것,
세상을 날아다니는 빗자루의 술법이다
내 손끝에 닿은 풀들은 궁전처럼 대담하다
혹은 이끼 두른 헛간의 지붕 아래
몸 접어 내려다보는 땅 속은 층층의 등을
걸고 얼마나 오래 기다리나
몇 년 동안만 허락된, 자기들이 본 구역에
대해서는 말 묻지 않는다 그것 또한 약조
그래서 누구에게도 말하지 못하고 떠나왔다
내 몸은 포도나무처럼 잔뜩 굽어져
잠시 맛본 그 들판으로 돌아갈 수 없으니

떠나게 내버려 두었던 술수 같은 게
살면서 가장 좋은 술수였다는 것을 알기까지

바람을 좋아함

커피 한 잔을 창가 쪽에 놓고 가만히
들여다봐요 모락모락 피어오르는,
공기 중에는 한 송이 꽃이 멈추지 않고
흔들어대고 있다는 걸 알게 되지요
바람은 저 혼자 어딘가에 걸쳐지고
내 찻잔에도 입술이 먼저 닿았네요
여기에 아무도 머물지 않는다고
단언하면 안 될 것 같아요
책을 넘기는 누그러트릴 수 없는 순간에도
누군가 어깨에 손을 얹어 준지도,
그랬을 것 같아요 밖을 보고 있을 때조차
물끄러미 옆에 앉아 있었는지 모르지요
혼자가 아닌, 그들에게 걸쳐있나요

혼자 견디는 이들이 아픔을 어찌
감당하나 했는데 봄볕에 알아냈지요
겨우내 얼었던 몸을 벤치에 앉아
오랫동안 꾸덕꾸덕 말리는 걸 보았지요
나도 그랬으니까요 그 모든 것들이
바람에 떠나가게 내버려두지는 마세요

나와 올빼미를 같은 음절로

올빼미와 부엉이가 한 단어로 쓰여지듯
희미한 별빛만 보여도 달빛이 희미해도
소나무 사이를 누비며 순간을 붙잡지
날개를 펴면 솜털 가득해서, 기척도 없지
당신이 뒤척일 때마다 나를 들여다본다는 말
내 목이 뒤로까지 돌아갈 수 있다는 건
세상 다 볼 수 있으니
그러니 꽃을 볼 땐 내 마음을 불러들여

아프다는 건 순간에 걸려 우는 것
울음은 누군가 애타게 부르는 합성어일지라도
그것이 쥐 한 마리 잡는 편보다 우선이겠지
그러니 세상일에 쏠리는 마음 줄여보라는
올빼미의 울음이 그 답의 대안도 되겠지
나도 울긴 해 우후후후후후 해대며
그러니 근심이거나 여러 가지 욕망들은
없는 것을 있는 것으로 받아들이는 거겠지
그런 바스락거림에 나는 마음 쏠려, 단호하게,
올빼미가 숲을 정적으로 깔아놓듯
나는 이 도시의 정적에 내 음절을 깔아놓지
누구는 그 음절이 안 어울린다고 하긴 해

벚꽃송달

한순간 연민으로 뒤섞인 꽃들도 있다
겨울의 무력감을 견디고서 벚꽃의 답이다
벚나무의 생각이 사람의 속내와도 다르지
않으리 하루사이에 이뤄지는 꽃들 없고
하루사이에 이뤄지는 사람도 없는 것을,
그런데도 벚꽃 앞에서 입을 활짝 여는가

숨 쉴 때마다 폐속 가득 들락거려
그것들이 그대로 쌓여 벚꽃 숨이다
보름달의 달빛들이 흔들어 놓은
그 아래 모여든 벚꽃들은 곧 잡힐 것이다
짧은 꽃들의 온기가 사뭇 위험하다

벚꽃들이 어릿한 꽃 입을 활짝 벌려 클클클,
웃고 있다고 나를 갉아대는가
웃어 댄지 한참 되었기에 내 웃음은 아직
꽃이 되지못하고 클클클, 잇몸 드러내 웃는
그 만발이 내게 와서 내게 오래 앉아있기를

너 한번 먹고 나 한번 먹는다는 속뜻

오래가리라 믿었던 패기도 식어가긴
매한가지, 젊은 하루도 나와 함께 쓰였다는 걸
알아차릴 수 있었다면 지금 무슨 일을 하며
나를 입증할 수 있을까

너 한번 먹고 나 한번 먹는다는 말은
식탁 위 밥 한 그릇에게 고개 처박히는 일
불평 앞에서도 밥 한 그릇은 하고자 하는
목적을 가져간다 심중을 덜어내 가진 않고
밥은 매번 그렇게 먹히고 있다 기록하며
이제 홀로 나 한번 먹는 일이 흔하긴 하다
홀로 너 한번 먹는 일도 흔해지긴 했다
몇 십 년 같은 식탁에서의 표표漂漂하던
밥길, 몇 십 번 씹고 삼키라는 말도 있다

식탁에 앉기까지 무수히 견뎌야 하는
이제는 괜찮아졌다 그랬건만 식탁에까지
올라 온 수북하게 담긴 접시, 약육강식,
생각은 마음대로 할 수 있지만 마음대로
할 수 있는 일은 극히 드문 세상

그런 생각을 밥알과 함께 아직 씹지도
못했는데 장미꽃처럼 순식간에

으시시하다 12월은

새 달력을 받아들면 옆구리에 끼고 손에 들고 의기양양하다 12월만 그런 것이 있다 잘 넘겼다는 안도감 그 의중을 바라보고 있으면 으시시하다 맞이할 하루들이 숫자로 박혀 몇 장의 종이에 둘둘 말려졌다 믿지마, 세상의 함축 같은 거 그러면 확인해야 할 일들이 잔뜩 도사린다 침 묻혀가며 달력 넘기면 날짜 위에 동그라미 표시들 그것만이 전부다 쉽게 다가갈 수 없는 여기저기 흩어져 있는 문제들이 끼여 있다는 걸, 나머지 날들은 기다려줘야 할 들러리들이다 세상에 완벽하게 귀속될 불행은 없다 아픔 뒤에는 달콤함도 가시만큼 남겨둔다 누구나 입맛 다시지만 달콤해서 시간이 늘려져 있다고 느낄 뿐이다 도대체 누가, 무슨 억하심정으로 이렇게 많은 산문을 똑같이 베껴 써내고 있는가

또 오월이네 하여튼

오월이네 하여튼,
그들이 담배 피우러 잠깐씩 어딘가 가듯
그런 잠깐씩의 분리가 필요하지
검은고양이가 나부처럼 늘어지게 누워있어
대낮은 검은색과 묘하게도 잘 달라붙어
햇볕은 반할정도로 몸 위로 기어 다니지
바람도 주위에서 살구꽃 냄새를 흘려대지
구름들은 순한 양떼들을 부리고
나는 아이처럼 칠판을 올려다보고 있지
작은 날벌레들이 분필가루처럼 떠다녀
개미들은 타고났지 상징하는 걸
며칠 전에 피웠던 매화꽃은 잠시 쉬며
박태기나무들은 몸을 다해 꽃잎을 벌려
그 촘촘한 꽃 주위에 벌들 맞장구치지
그때 날아든 새가 소나무의 중지쯤 앉아
내가 적지 않다고 여기듯 저도 그렇다지
그 모든 것이 있는 그대로지
따로 손보거나 첨가할 것이 전혀 없는

모든 글 쓰는 이들의 반할 정도의 바램은
몇 달 몇 날 시달릴 퇴고推敲없는 원고지였지

사랑의 유의어에 유의하며

비 내리는 춘분이라면 더할 나위없지요
춘분에 비가 오면 아픈 사람 드물다 했으니
무사히 내게 닿으면 문턱쯤에 와 있겠지요

낮과 밤의 차이가 같다는 말은
운문과도 일치한다는 말이겠지요
남아있는 그대의 글이 적막을 적신 붓인 것을
기울기가 그 만큼이 그대의 전신全身인 것을

춘분 전후 7일의 낮과 밤은 봄의 피안,
아픈 이별이 있는 이쪽이 아닌
남아있을 저쪽 사이에서 맞물려 있었겠지요

문장 속에서 내심 유의하고 있다는
말이기도 하지요 작은 기침소리마저 삼가는 건
그대의 문장 속에 한 발 딛기 위한 것이지요
살아내야 할 내 문장이 무너지는 것을
그대의 붓에서 위로 받으려는 마음이겠지요
그대의 전신을 듬뿍 찍어 적신
그 붓으로 말이지요 저마다 무엇이 남을까요

피워라 벼꽃

논에 필 벼꽃보다도 농부는 이삭이
저물어 가는 가을날이다
그러니 꽃 보는 걸 놓칠 수밖에
사흘만 피려는 벼꽃은 잠잠한 틈을 타
후다닥 피기도 한다 벼꽃을 몇 해나
놓쳤다는 건 꽃 볼 마음이다
다시 올 수 있는 건 중요하지 않다
담아둔 생각은 다시 오게 되어있으니
온기 아니라 빛이 뒤집어놔도
변치 않는 한 벼꽃 앞에 서게 된다
내가 볼 수 없는 곳에 서있을 사람마저,
그러니 그를 놓쳐 버리진 않을 것 같다
벼꽃처럼 오래된 생각들이 여물어

그러니까 북위 53도에서 남위 35도 까지다
그래야 매일 어느 나라에서든지 벼꽃을
바라볼 내가 있다 상상들은 포식한 후에
이뤄지는 일들이다 그러니 후다닥 피워
노을처럼 뻘겋게 물들었다 뻘겋게 질
살아서 받는 밥상 같은 푸짐한 상상들을

상한 달

달이 내려다 볼 때만 주차장은
누런 한 장의 담요 폭 만큼이다
띠엄띠엄 어둠 속 차들은 나무와 맞닥뜨려있다
달은 내 머리 위쪽을 벗어나
비스듬히 내려다보고
나도 몇 분 처연하게 올려다본다
이 눈 떨림의 수 없는 기억 위에 나는 서있는 듯하다
서로의 생각 속이다
달이 시키면 구름 속으로 들어서고
나도 집안으로 들어서는 멀고 먼 행적
달과 나의 균형이다
집 안 깊숙이 기울수록 내가 쓴 詩들이 요동이다
균형을 깨뜨려야 하는 시소처럼
저쪽으로 기울면 이쪽이
이쪽을 억누르면 저쪽이 한없이 가엾다
숲으로 들어서는 것도 꽃에게 억지로 몸을
디미는 것도 그래서이다
그들이 있어야 되고 그들에게서 멀어지기 싫다
무수한 일 중에서 상하기 쉬운 이 일,
달 아래서 이렇게 치근거린다 해도

오래오래 펜을 잡아야 할 손만은 거두지 마라
묵인해주는 달이 있어 이만큼 견뎌낸다
나의 달빛, 오래도록 의심 없이 당겨라

4부

저무는 도시에 어울릴만한

이른 겨울의 5시 반쯤은 어둠과 덜 어둠의 전환
어둠은 덜 어둠이 뿜어내는 환상이다
창문을 통해 내다본, 밖이란 삶 덩어리
저무는 도시처럼 사람들도 저물어가는 장면이다
걸어가는 사람들 중에 대다수는 그 외 사람들

그렇게 막 사라진 거리는 영화의 첫 장면
첫 장면은 거의 함정이다 그 장면을 놓치면
감독이 깔아놓은 유리다리를 건너가지 못한다
한 번 지나간 사람을 되돌려 올 수 없듯이
그러니 숨죽이며 들여다볼 수밖에

암시의, 첫 장면에서 대부분은 결정이 난다
오래 견딘 후에야 알게 되는 것들 있듯
셀레니케레우스를 막 들여다보기 시작한다
너를 이제 막 알아가기 시작했는데, 늦게 왔나
삶이 분명해지려는데, 손에 잡힐 것도 같은데

영화는 종반을 향해 가는데 앞으로 돌릴 수 없다
1년에 단 하룻 밤, 보름달에 핀다는 그 꽃,

처음으로 너를 이제 알아내기 시작했는데
저무는 도시처럼 우리 모두는 전환되고 있다
관람석에 앉아서, 영화의 한 장면으로 여기듯

한 생각이 무수히 가지 친 일

문밖의 일들은 안개에게 맡겨봐,
안개 주위에는 침묵이 얽혀 다행이다
한 사람과 함께 꽃을 보게 되었다고
생각이 제 할 일을 다 한 건 아니다
모르겠다, 어떤 생각은 시작이 되어
몇 번 스치다가 마주앉게도 된다
모든 생각들이 그렇게 오는 듯하나
생각이 데려오는 것들은 수시로
벌어지는 착각이다 네가 까닭이 되어

생각은 자기 발걸음이다
오월에는 찔레꽃이 그리도 많이 핀다
문득 한 생각이 무수히 가지 친 일은
너는 없는데 생각들만 더 많이 데려왔다
찔레꽃처럼 다닥다닥 붙은 열병도
가지에 다다르니 잘못한 생각은 아니었을까
그 조바심으로 오월 찔레꽃이 몽롱하다

모과나무에서 꽃의

내가 내게 간절히 애쓰는 것만 없다면
모과나무 아래 와있어도
나무의자가 덩그마니 와있어도
모과 꽃이 내 옆 한 뭉치라는 걸
꽃이 되기 전인데 늦은 봄도 시들겠지

그가 가는 것도 막지 못했으면서
무슨 꽃을 막아서려하는가
없는 것 주고받으려는 건 없음이 아니지
없는 곳에서 많은 것들을 걷어내려 하지

나도 너의 우거진 침묵인데

모과 꽃에서 건너오는 은은함을
그냥 두지 않으면 아름다운 한 시절이겠지
그 꽃에서 못생긴 모과가 열린다는 건
너와 나를 가리키는 반전이라는 말과 같지

저리도 붉은 것이

벚꽃도 그랬지만 붉게 물든 잎도 뛰어나요
지나가던 건들바람이 흔들어대니
그윽하게 앉아 있던 내게도 잔물결 쳐요
낙엽에게도 제 안이 있긴하지요
저리도 붉게 타오르던 때가
모든 사물 앞에서 사람들은 자기 위주로
조종하고 있다는 것을 알긴해요
내가 격해있을 때 아무리 아름다운 것들도
다 보여 지지 않는 초생 달과도 같지요
저 앞 유유히 흐르고 있는 강물이,
모두 다 내 마음이 통째로 떠 있다는 게
느껴져요 제대로 마음을 세워주지 못하면
엉뚱한 곳으로 끌려갈 수 있어요
죽음마저도 손잡고 같이 나설 수 있다는
그러니까 살아있다는 것은 죽은 것을
두 팔로 안고 있어야 한다는 말이지요
그러니 건물 꼭대기에서 낙하하거나
붉은 나뭇잎이 떨어진다고 슬퍼말아요
누구나 그럴 수 있어요 단호하게 일어나
대담하게 그것들과 함께하리라 일어서는

그때, 나보다 먼저 내 앞을 가로 막는 사람,
몇 달 전에 죽은 이의 희미한 형체네요

하루를 어떻게 기록하고 있나

향나무 아래 앉아 아무 일 하지 않고 멍하니, 둔하게, 머물러 보려 했다 생각만으로 삼년이다 틈을 내 앉아 보면 몇 분도 안 돼 다른 곳으로 불러들이는 누군가가 있다 이것이다 하면 저것이라고 속닥여 주는 내 안의 또다른 망상

내가 태어난 가을 오후도 하루였고 떠나갈 오후도 하루, 모두가 하루 안에 이루어지고 하루가 가기 전에 기울어진다 그에게 등을 돌렸던 나도 하루에 쉽게 넘어가 그랬을 것 내게 등을 돌렸던 그도 하루에 쉽게 넘어가 저질러졌을 것 하루를 헛되이, 그러니 역시 나의 하루다

하루가 넘어가기 힘든, 밤늦어 텔레비전에서 오고 있는 몸짓인지 가는 몸짓인지 모를 소똥구리 한 마리 온다 와, 내가 잠자리에 쉽게 들지 못한다는 걸 아는지 모르는지 더러운 소똥을 굴리면서도 망상 같은 건 애초에 없다는 듯 위풍당당한 뒷걸음질로 하루를 잘, 그러니 역시 그의 하루다

다정함

얼어서 쩍쩍 갈라지는 것이 겨울의 속설
쉽게 들어서지 못할 대기 속으로 시동을 건다
내 몸이 따뜻해지려 내는 덜덜덜 소리와
차가 얼은 몸을 풀어보려 내는 덜덜덜 소리
"말도 얼어붙을까" 나에게 한마디 던졌는데
마디마디에서 더운 입김들이 꾸역꾸역
이 순간적인 발생, 입을 크게 벌리고
작게 벌리는 음절 따라 나오는 입김이 다르다
조금 더 긴 물음에 더 많은 대답들이
쏟아지는 속에 것들의 심려들
힐끗 옆자리를 본다
누군가 앉아 있다면 내 말에 답해줄 것을
흔하디흔한 그러면서 삭지 않을 다정들아
내 입김에 그가 보탠 입김들로 차안은 포화,
근심에 들거나 조바심에 들거나
대기 중에는 납득되지 않는 슬픔들이 얼마나 치오르는가
입김들은 내가 살아가는 설명이 되고
날지 못하는 나여, 이후에는 내 더운 입김이
너에게 흘러 들 수 있기를
살면서 그것이 가장 손쉬운 일이었다

그러니까 당신은 나에게 혹은 잔뜩 웅크린
저 단단한 사물에게도 조금만 다정하게 대해줘,

며칠 더

사마귀 어린것이 내 집 창가로 뛰어들었다 어린 시절 반 학기 지나 생물선생은 떠났고 이후 길에서 드문드문 마주쳤다 내가 인사도 하기 전 "안녕"해주었는데 세상에는 안녕이라는 당혹도 있나

그 시절 줄줄 외웠을 곤충의 특징을 쪼그리고 앉아 사마귀에게 읊조리고 있으리라곤, 그때의 거품처럼 생물학자는 되지 못했지만 사물의 안과 밖을 이루는 생물의 본질 곁에 있는 시인이 되긴 했다

누군가를 사모해서 그의 눈에 들어서려 부질없던 시절, 그의 학문보다 보잘것없어 아리던 진실은 어디까지였나 오래 전 잊어버리려 애쓴이, 그런 마음이 두 번 다시 돌아오는 일은 정녕 없었다 추억은 천 겹 만 겹 끼여 있는 서고書庫같은 곳 얼마나 많은 장서藏書가 보관되어 있는지는 아무도 모르니까 단지 같은 주제로만 움직여준다는 것 이외에는 그러니 며칠 더 지나간 일들을 애써볼 일이다

너무 어두워진 세상으로 가기엔

하루를 허겁지겁 헤치웠으니 어디에서든 한 템포 놓아줘야지 온갖 상념들로 굽은 나무들이 아닌 어린 가로수 근처라면 어떨까 그들 시간이 더디간다는 것은 맞는 일, 아이의 걸음과 같으니 겨울이 힘든 시기이기도 하여 배워야 할 것들이 많다는 걸 몇 사람들도 어찌어찌 살아내는 것이

살구꽃 만개하는데 꽃이 더디 피는 나무들도 있긴 하지 나무로 살아내면서 얻어낸 것은 말이 흐트러지지 않도록 잘 감아 매는, 나를 두르고 있는 침묵조차 어떻게 막아 낼 수가 있나 멀리서 보면 그저 같은 꽃이긴 하지 멀리서 보면 그저 같은 사람이긴 하지 보이는 것이 다인 것 같은, 너무 어두워진 세상으로 가기엔 늦었다는 말은 없다는 것이지 잔뜩 굽은 어둠도 조금 기다렸다가 그 어둠에 이마를 대보라는 말이겠지

사과밭에 서면

어쩌면 하나의 사과를 맞이할,
한 그루에서 한 알의 사과만 열린다면
세상은 무너져 내렸을 것
이 나무도 흘러 끝없이 되풀되건만
넓은 사과밭의 한 그루에게 붙잡혀있는가
슬픔과 달콤함까지 받아들이는
나는 사과나무처럼 맺혀
꽃잎 또한 제스처, 나를 구체적으로 지목하려
함께 쓰인 걸 그걸 사과라고 불러줘도 될
탁자위에 꺼내 놓기까지의 험난함
사과에, 당신에, 붙잡혀있다는 건
나를 위한 가장 좋은 긍정의 가지다
내 식으로 몇 번씩 정정할 수도 있다는 말

내가 맞이할 봄의 서정

개의치 않지만 이 넓은 세상에 한 그루 나무가 정박해있다면 나 또한 평생 어선으로 둥둥 떠 있겠지요 살아내는 것은 한폭의 정물情物, 얼마나 마음에 드는 절망인가 그런데도 내가 맞을 봄들은 돌아오지 못해 안달이다 이곳으로 돌아오려 몸을 잔뜩 트는, 라일락처럼 과한

유독 꽃핀 나무들의 터질 듯한 부풀림에 내게 돌아오지 못하는 사람, 슬퍼마라 돌아올 것들과 돌아올 수 없는 것들이 혼합하여 발 딛는 이곳이다 꽃은 피워 가는데, 필 수 있는 방법은 꽃잎 수백 페이지에 끼워있다 꽃이 행하는 바를

내가 맞이할 봄의 서정은 낡은 창고의 기포로 얼룩진 거울 속에 구부러졌다 해서 올 봄은 아주 망한 듯하다 돌아올 몇 번의 봄은 아직 작별하진 않았던가 사소한 것이라도 놓치지 말자 봄이여, 그래도 봄은 어릴 적 뒷마당에 와 잔뜩 풀어놓고 간 옛 봄의 혼합물들

이틀 내내 비가, 혹은 비가悲歌

밖에는 비, 마음에 부딪치는 빗소리가 불편해, 지금을 받아들이라고 지금은 어디에다 붙여도 껌처럼 붙어 오래 된 얼굴이 지금으로 돌아와서 지금이 눈앞에 있는데 손으로는 잡을 수가 없어 네가 젊어진 것에 지나지 않아 지금이 종일 그 생각을 지금에 맞추어 놓긴 했어

그걸 알아차리기까지 뜬구름 아래서, 이것저것 걷어내면 내 입에 들어오는 몇 점 안 되는 생선살과 같은 풍자들, 틀리게 살아온 게 아니라는 확신도 들어 뜬구름 아래서 우리를 끝이라 불러줘도 뜬구름 위에서는 시작일 수도 있어

비로 옮겨온 또 다른 이유를 대는 것은 껍데기 같은 차선책은 아직도 내 몫 그러니까 뜬구름 아래에선 그리워만 해, 그걸 선택한 이는 강물로 뛰어든 빗방울만큼 셀 수 없어 비에 젖어 있어도 이틀만 마주하면 오래 갈 수도 있다는 아주 가벼운 풍자극이겠지

멋진 신세계

누군가 내다버린 책 더미 속에서 한 권의
책을 찾아냈네 헉슬리의 『멋진 신세계』
내다버리며 누군가는 빈 가을을 맞이한 듯
열 몇 살 때 그와 편지를 주고받았지
멋진 신세계의 지루한 줄거리를 말하는데
책을 미처 보지 못해 기분이 상해졌네
커서는 경복궁 앞에서 만나자는 편지를
받았지만 나의 세계는 그러질 못했지
한참 지나 그에게 뒤지지 않을 오기 생겨
찾았지 그때도 그 놈의 멋진 신세계 줄거리는
들썩였지 미처 읽지 않았지만 무슨 심사인가
그가 어디에 있다는 것은 쉽게 알 수 있었네
몇 년 전에 죽은 것도 그래서 알게 되었지만
오늘 이 책을 받아든 순간, 나를 상하네
시간을 건너고 몇 다리를 지나 온 당부겠지
슬픈 생각만으로 멋진 신세계를 생각하며
이런 감정들이 오래 동안 내게 남아줄까
하루를 꾸물거리며 보내야 되겠네
가을이 가기 전에 멋진 신세계를 꿈꾸라
억지 부리며 반쯤의 세계를 보고 있는 걸

젊음, 드디어

마침내, 어떤 분야의 전문가가 다 된 것처럼
온갖 실수를 다 저지르고 나서야 늙음, 드디어
너는 표면으로 나섰다

혼합물과 부식腐蝕의 세계에 대한 비가悲歌

황치복 문학평론가

혼합물과 부식腐蝕의 세계에 대한 비가悲歌

황치복 문학평론가

1. 시론, 안정옥에게 시란 무엇인가?

1990년『세계문학』을 통해 등단한 안정옥 시인은 그동안『붉은 구두를 신고 어디로 갈까요』(세계사, 1993)을 비롯하여『연애의 위대함』(시와 반시, 2019)에 이르기까지 9권의 시집을 발간한 바 있다. 그러니까 이번 시집은 그녀의 열 번째 시집이 되는 셈인데, 그동안 시인은 물고기를 주제로 한『나는 독을 가졌네(세계사, 1995)』라든가 여러 시인들의 시편들과 대화를 시도한『내 이름을 그대가 읽을 날』(작가세계, 2013) 등의 시집을 통해서 다양한 시적 양식의 실험을 시도한 바 있다. 그래서 시인의 시적 양상과 특징은 매우 다양하고 이질적인 모습을 보이고 있는데, 열 번째 시집인 이번 시집 또한 독특한 개성을 간직하고 있어서 시인의 시적 상상력이 메마르지 않고 끊임없이 생동하는 것을 확인할 수 있다.

십여 권의 시집을 상재한 후에도 여전히 시인은 새로운 시적 문법을 시험하고 있다는 것, 여전히 새로운 시적 모험과 도전을

멈추지 않고 있다는 것은 좀 경이로운 느낌도 든다. 이번 시집의 시편들을 읽어보면 시란 시인에게 하나의 운명과도 같은 존재이며, 제2의 천성처럼 자신의 몸과 영혼에 엉겨붙어 있는 그림자와 같은 것으로 여겨지기도 한다. 세 번째 시집인 『웃는 산』(세계사, 1999)에서 시인은 시적 업적을 쌓기 위해 노력하지 않는다고 고백한 바 있는데, 이러한 진술은 시가 자신의 분신과 같은 것이어서 그것을 객관적인 어떤 척도로 평가하기 어렵다는 진술로 들리기도 한다. 도대체 시란 시인에게 어떤 것으로 이해되고 있으며, 그녀의 삶과 어떻게 얽혀 있는가? 시집의 시편들을 자세히 읽어보면서 이런 의문들을 해소해보고 싶어졌다.

> 그는 파주把住, 마음속에 간직하여 두란 뜻의
> 나는 신원伸冤, 풀어준다는 뜻의
> 중간쯤에 우뚝 선 이는 공덕功德역이다
> 뜻은 어찌 있나 말귀도 못 알아들으면서
> 그런 자질구레함이 따라 잡히는 저녁
> 가장 詩적인 만남을, 공덕역 9번 출구에서 기다려봐
> 이미지는 어디에, 사심가득 카페엔 혼자인
> 사람 틈에 오늘도 혼자이다
> 나는 블랙러시안을, KGB에 저항하겠다는
> 의도가 담긴 술, 그걸 주문한 자체가, 당신은 하바나,
> 술잔 속의 얼음들은 곧 저항을 풀어줄 것이다
> 어두운 곳과 덜 어두운 곳의 처지가 詩적인 일
> 우린 서로 심금을 울리지도 않아 그것도 내겐 詩적이다

캄캄한 거리, 내가 혼자 하는 것들을

어른다는 사실도 알고는 있다

그럼에도 어진 덕德을 아울러 가득 담은

공덕역으로 가고 있는 건 도대체 무언가

혼자 하는 방식들의, 詩적인 것들의 대가가

결국은 이루려하는 공덕 아니겠는가

— 「가장 詩적인 것은 파주把住」 전문

　시적인 것에 대한 다양한 이미지들이 제시고 있는데, 파주把住와 신원伸冤, 그리고 공덕功德 등이 그것이다. 파주는 마음속에 머물게 하여 간직한다는 것, 그리고 신원은 억울한 사정을 풀어 준다는 것, 공덕이란 자선을 베풀어서 쌓인 어진 덕을 의미한다. 물론 시인은 이러한 세 가지 기능이 모두 시적인 것과 관련되어 있음을 암시한다. 하지만 시인이 가장 내세우고 싶은 것은 제목에서 알 수 있듯이 '파주把住'라고 할 수 있다. 어떤 외부의 자극과 경험에 의해서 내부에 생긴 마음을 고스란히 간직하는 것이 시의 본령이라는 것이다.

　물론 이러한 생각에는 시에 대한 다양한 자각들이 들러붙어 있다. 우선 시는 공동체적인 것이 아니라 '혼자' 감당해야 한다는 것, 시란 "내가 혼자 하는 것들을/ 어른다"는 것, "혼자하는 방식"의 고유한 영역에 속한다는 것을 여러 차례 강조하고 있는 것이다. 또한 "우린 서로 심금을 울리지도 않아 그것도 내겐 詩적인 일"이라고 하면서 시가 타인들에게 감동을 주어서 마음을 울리는 것과 전혀 관계가 없다는 것을 강조하기도 하는데, 이러한 진술 또한 시란 개인의 내면에 어떤 정동(情動, affects)을 붙잡아두는 일이지 타인에게 정동을 부여하는 것이 아니라는 것을 에둘러 말해준다.

마지막으로 시인은 "어두운 곳과 덜 어두운 곳의 처지가 詩적인 일"이라고 하는데, 여기서 어두운 것이라든가 덜 어두운 곳 등이 사회적 차원의 함의를 지닌 것은 아닐 것이다. 그것은 개인의 내밀한 비밀과 경험의 은밀한 부분을 암시하고 있는 것처럼 보이며, 그렇기 때문에 시란 타자를 향하는 것이 아니라 자아를 향하고 있다는 것, 자아의 고유한 상흔이라든가 아픔과 같은 어두운 곳을 향하고 있다는 것을 추론할 수 있다. 그럼에도 시인은 시의 궁극적 지향이 "공덕功德"과 관련되어 있음을 강조한다. 이러한 진술은 시란 혼자만의 고유한 세계를 창출하는 것이지만, 그것이 고립되거나 폐쇄되지 않고 타자를 향해서 열려 있음을 암시한다. 자신의 정동에 전념하며 충실하는 일이 결국 타자의 삶에 영향을 미칠 수 있음을 자각하고 있는 셈이다.

> 부사를 많이 쓰는 글은 좋지 않다고 해
> 수식의 가장 아래쪽이라 생각하니 그렇지
> 붉게 물든 벚나무 잎을 주워서 보면
> 구부러진 날들이 이파리 안을 가득 채워
> 애쓴 역할들이 숨기에는 잎 하나에도 충분한
> 내 몸을 촘촘하게 메운 실핏줄에도
> 구부러진 나날들이 남아 있다는 뒷말이지
> 잠깐 한숨 돌리게 하며 고요함에 녹는

그를 부사라고 단숨에 말해줄 거야

가끔 숨어야하고, 숨을 곳 필요하긴 하지

있다고 생각되는 막연한 그런 역할

설마 제발 아마, 말하는 너의 태도보다도

바로 보다도 또는 곧으로 다음 말 이어주는

마음을 들킬 것 같을 때, 어렴풋한 울림을

어쩌지 못할 때 부사의 품에 내 머리를 갖다 대

무성한 풀들 베어서 쌓아놓은 그런 곳의

그러니까 그러므로 그래서에 침투해있지

동작이나 상황들이 내게 어떻게 일어나는지

그나마 대역으로 치러지는 그게 나의 부사지

그것만 아니지 발음은 같지만 다른 뜻도 되

달콤한 부사富士를 살짝 섞어 쓰기도 해

그래도 부사를 쓸 수 없다면 나는 시체屍體,

시체詩體라는 말도 되지

　　— 「부사副詞의 달콤함에」 전문

　자신이 생각하는 시에 대한 생각을 쓴 시론 같은 시 작품이다. 결국 '부사'라는 하나의 문장 성분이 중요한 관심의 초점이 되고 있는데, 시인이 생각하는 '부사'란 어떤 존재인가? 한 마디로 그 것은 망설임, 주저함, 애매함, 모호함 등의 의미를 함축하고 있는 음영陰影, 혹은 그림자와 같은 이미지에 어울리는 것이다. 시인의 표현에 따르면 부사란 이파리나 실핏줄에 숨어 있는 "구부러진 나날들"과 같은 것이며, "잠깐 한숨 돌리게 하"는 기능을 발휘하기도 하며, "가끔 숨어야 하고, 숨을 곳이 필요"할 때에 공간을 제공해주는 역할을 하기도 한다.

또한 그것은 "마음을 들킬 것 같을 때, 어렴풋한 울림"으로 방어막을 형성해 주는 것이기도 하고, "동작이나 상황들이 내게 어떻게 일어나는지"에 대한 암시나 해명을 담당하는 기능을 하기도 한다. 그러니까 시인에게 부사란 삶의 어떤 잉여성과 같은 역할을 담당하고 있으며, 정확히 언어로 포착되기 어려운 어떤 미묘하고 절묘한 국면에 대한 표현을 담당하고 있는 셈이다. 시인은 "그래도 부사를 쓸 수 없다면 나는 시체屍體/ 시체詩體라는 말도 되지"라고 고백하고 있는데, 이러한 표현은 부사야말로 시의 영혼과 같은 존재임을 암시하고 있다. "시체屍體"라는 말은 곧 영혼이 없다는 말이 되겠고, "시체詩體" 또한 시를 짓는 격식이나 형식만을 지칭하는 것으로 시안詩眼이라고 할 수 있는 영혼이 부재하는 현상을 강조하고 있기 때문이다.

그러니까 시인에게 '부사'는 단순히 문장의 한 성분이 아니라 시의 어떤 혼과 같은 것을 담고 있는 성분이며, 인생의 미묘하고 오묘한 국면을 포착하여 드러낼 줄 수 있는 것, 언어의 한계를 뛰어넘어 모호하고 애매한 정서의 결을 살려낼 수 있는 요소라고 할 수 있다. 이러한 부사에 대한 시인의 설명은 곧 시인이 생각하는 시에 대한 견해라고 할 수도 있으며, 시란 명증하게 표현되는 이성의 영역에 가려져 있는 삶의 국면과 질감을 살려내고, 그것이 지닌 미묘하고 모호한 결을 드러냄으로써 삶의 결을 풍요롭게 하는 것, 곧 '부사'와 같은 것이라는 것을 추론할 수 있다. 그것은 곧 태양의 영역이 아니라 '달'의 영역에 속하는 것이기도 할 것이다.

달이 내려다 볼 때만 주차장은
누런 한 장의 담요 폭 만큼이다
띠엄띠엄 어둠 속 차들은 나무와 맞닥뜨려있다
달은 내 머리 위쪽을 벗어나
비스듬히 내려다보고
나도 몇 분 처연하게 올려다본다
이 눈 떨림의 수 없는 기억 위에 나는 서있는 듯하다
서로의 생각 속이다
달이 시커먼 구름 속으로 들어서고
나도 집안으로 들어서는 멀고 먼 행적
달과 나의 균형이다
집 안 깊숙이 기울수록 내가 쓴 詩들이 요동이다
균형을 깨뜨려야 하는 시소처럼
저쪽으로 기울면 이쪽이
이쪽을 억누르면 저쪽이 한없이 가엾다
숲으로 들어서는 것도 꽃에게 억지로 몸을
디미는 것도 그래서이다
그들이 있어야 되고 그들에게서 멀어지기 싫다
무수한 일 중에서 상하기 쉬운 이 일,
달 아래서 이렇게 치근거린다 해도
오래오래 펜을 잡아야 할 손만은 거두지 마라
묵인해주는 달이 있어 이만큼 견뎌낸다

나의 달빛, 오래도록 의심 없이 당겨라

— 「상한 달」 전문

　안정옥 시인은 『내 이름을 그대가 읽을 날』이라는 시집의 「편벽하다 —김소월 시인」이라는 시편에서 "시소 놀이가 있다 삶에 대한 의욕과 詩에 대한 의욕이 내려가지도 않고 올라가지도 않는 그쯤이 시의 연명延命이다 내려가는 건 시인에게 폭약爆藥이다"라고 고백한 바 있다. 시인이란 어차피 편벽될 수밖에 없지만, 삶과 시에 대한 의욕이 한쪽으로 기울 때 시인은 죽음에 이를 수도 있다는 것, 그래서 시인이란 언제나 삶과 시의 균형감각에서 생존할 수 있다는 것을 토로하고 있는 것이다.

　그런데 이러한 발언에서는 한쪽으로 내려가는 건 시인에게 모두 폭약이 된다는 점이다. 그러니까 시에 너무 기울어져 삶을 등한시 할 때도 시인의 목숨은 위험하지만, 삶에 너무 기울어져 시를 등한시 할 때도 시인의 목숨이 위험하다는 것이다. 이러한 발언은 시인에게 시란 일용할 양식이기에 그것이 없어지면 존재의 의의가 없어진다는 것을 의미한다. 시란 시인에게 어떤 운명 같은 것이기에 그것이 없이 존립한다는 것은 불가능하다는 것이다.

　이 시에는 이러한 운명과 같은 역할을 하는 시의 은유로서 "달"이 등장하고 있다. 달은 하늘에서 "비스듬히" 나를 내려다보고 있고, 나 또한 달을 "처연하게 올려다보"고 있는데, 시인은 "이 눈 떨림의 수 없는 기억 위에 나는 서있는 듯하다"고 고백한다. 하늘의 달이 나를 '비스듬히' 내려다본다거나 내가 하늘의 달을 '처연하게' 바라본다는 표현들은 모두 의미심장한 것들이지만, 달이 구름속으로 들어가고 내가 집안으로 들어서는 것을 "달과 나의 균형이다"라고 하는 대목이 더욱 주목된다. 앞서 언급한 시소 놀이의 균형이 연명이라는 언급이 연상되기 때문이다. 실제로 시인은 "균형을 깨뜨려야 하는 시소처럼/ 저쪽으로 기울면 이쪽이/ 이쪽을 억누르면 저쪽이 한없이 가엾다"고 하면서 '달'과 '집안' 사이에서 길항하는 자신의 흔들림을 묘사하고 있기도 하다.

그러니까 시인에게 시란 "달"과 같이 도달할 수 없는 고고한 곳에 거주하고 있는 것이라는 것, 그리고 명증한 이성의 논리로 설명할 수 없는 비이성적이며 신비롭고 불가사의한 것이라는 것, 그럼에도 불구하고 그것은 시인에게 제2의 천성처럼 달라붙어 있어서 그것의 존재 없이는 자기 존립이 불가능하다는 것 등의 함의를 읽어낼 수 있다. 그런데 시인은 제목을 "상한 달"이라고 붙여놓고, 또한 "무수한 일 중에서 상하기 쉬운 이 일"이라고 하면서 달을 향하는 일이 건강하지 못한 일임을 고백한다.

사실 안정옥 시인의 시편들을 읽다 보면, 이 세상은 병들어 있고 시인 또한 그러하며, 시인은 그러한 상황을 인정하고 수용하는 태도를 취하는 것을 느낄 수 있다. 예외적으로 시인은 「또 오월이네 하여튼」에서 "그 모든 것이 있는 그대로지/ 따로 손보거나 첨가할 것이 전혀 없는// 모든 글 쓰는 이들의 반할 정도의 바램은/ 몇 달 몇 날 시달릴 퇴고推敲없는 원고지였지"라고 하면서 완벽한 조화의 아름다움을 노래하고 있기는 하지만, 대부분의 시편들은 상실과 고독을 노래하기 위한 것들이다. 곧 이어서 확인하게 되겠지만, 세상이 부패하고, 존재자들이 헐고 낡아지

고 있다면, 시가 "상한 달"과 같이 썩고 부패하는 것은 당연한 것
이 아닐까?

2. 존재론, 혼합물인 세계와 자아와 부식腐蝕

  시인에게 시란 내밀한 혼자만의 영역에 속하는 것이었으며,
마음속에 맺히는 정동을 간직하는 것이 관건이라는 사실을 확인
하였다. 또한 시는 현실적 삶의 잉여적인 영역을 다루는데, 미묘
하고 모호한 삶의 국면을 포착함으로써 영혼의 질적 고양을 꾀
하는 것이라는 생각도 읽어낼 수 있었다. 그리고 그것은 지구를
도는 달처럼 나를 둘러싸고 일정한 거리를 두고서 공전하는 달
과 같은 것으로서 불가피하며 신비로운 속성을 지니고 있었다.
그런데 그러한 성향을 지닌 시가 '상한 달'과 같은 속성을 지니
고 있으며, 그것은 지극히 당연한 것이라는 생각도 확인할 수 있
었다. 시인은 이 세계와 자아에 대한 어떤 생각을 지니고 있기에
시가 상한 속성을 지니고 있다는 것일까?

  그러니까 내 뜻 없이 이 사람과 저 사람이

  합해 내가 되었으니 나는 혼합물인 셈이지

  나는 나인 줄 알았는데 나인 것은 하나도 없었어

  그러니까 이 혼합물과 저 혼합물에 부대낀다는 것

  그건 비애였지

  이곳에서 멀리 도망친 날들을 손꼽아봐,

그곳에서 엄청나게 푸근한 다름이 펼쳐질 줄 알았지
그러니까 터벅터벅, 다시 혼합물의 세상으로
돌아와야 한다는 것 그건 비정함이지
그토록 애쓰며 살아야 겨우 산다하는 이곳,
그러니까 한풀 꺾여 그렇게 한풀, 한풀,
풀이 거의 죽은 뒤에야 끔찍한 나로 돌아오지
사람들은 그 후에야 사람답다고 말해주지

나는 내 자신을 말해야 될 때
그러니까를 앞세워, 모든 일은 중간쯤에 막히는지 몰라
생각할 시간을 좀 더 많이 벌기 위해
반듯이 그러니까를 쓰고 있어
무언가를 알아듣게 부연해줘야 하는 게 지겨워
여전히 도망치고만 싶은 여기 혼합물의,
그러니까 아직도 나는 그러니까에 근접해 있어
그래서 지금도 중간쯤에 멈춰,
생각할 시간을 좀 더 벌기 위해
그러니까를 아직도 내 앞에 세우고 있긴 해
　　　　　　　　　　　―「그러니까에 대한 반문」 전문

　시적 메시지는 매우 선명해서 "나는 혼합물인 셈이지"라는 구
절에 모든 함의가 응축되어 있다. 그러니까 나라는 존재자도 혼
합물이며, 나를 둘러싼 모든 것이 혼합물이라는 것, 그래서 우리
는 혼합물로서 혼합물에 둘러싸여 있다는 것이다. 시인에게 이

런 상황이 문제가 되는 것은 고유한 "나인 것"이 "하나도 없"기 때문이며, 그렇기 때문에 고유한 나의 삶을 살 수 없으며 타자들 사이에 끼인 삶을 살 수밖에 없다는 점이다. 시인에게 고유한 삶이란 시적인 삶을 의미할 것인데, "이곳에서 멀리 도망친 날들"이 시의 영역에 해당될 것이며, "다시 혼합물로 돌아와야 한다는 것"은 세속적 삶의 영역에 속할 것이다.

고유한 '나'라는 것은 처음부터 없고, 나라는 존재자는 타자들의 혼합에 의해서 구성되었다는 것은 포스트 구조주의 시대에 하나의 명증한 명제와도 같은 것이다. 하지만 시인은 그러한 현실을 수용하는 것을 거부하는데, "그건 비정함이지"라든가 "풀이 거의 죽은 뒤에야 끔찍한 나로 돌아오지"와 같은 표현들이 그러한 세계가 얼마나 속악하고 냉혹한 것인지를 대변해준다. 이러한 세계에서 시인이 살아가는 방식, 그러니까 처세술과 같은 것이 "그러니까"이다. '그러니까'라는 말은 "내 자신을 말해야 될 때", 즉 자신을 주장하고 자신을 내세워야 할 때 사용하는 것인데, "나인 것은 하나도 없"는 세계에서 자신을 설명해야 하는 딜레마를 함축하고 있는 것이다.

나라고 할 수 있는 것이 하나도 없는 세계에서 나에 대해서 "무언가를 알아듣게 부연해줘야 하는" 상황에서 시인이 내세울 수 있는 것이 '그러니까'라는 말인 셈인데, 그 말은 어떤 근본적인 해결책을 제시하기보다는 "중간쯤에 멈춰" 서 있는 어정쩡한 상태, 이도 저도 아닌 애매한 포즈와 곤경을 함의하고 있다. 그러니까 '그러니까'라는 말도 또한 어떻게 보면 혼합물의 세계라고 할 수 있으며, 자아와 타자 사이에서 그들을 연결해 주면서도 또한 어떤 소통도 차단하는 애매한 매개물인 셈이다. 이러한 구도는 시인이 세계를 어떻게 이해하는지를 설명해주는데, 고유한 개체들은 존재하지 않으며 그들 사이를 연결하는 어떤 매체도 유효하지 않다는 것이 "혼합물"이라는 시어에 집약되어 있다. 섞이고 결합된 혼합물이 존재자들의 본질인 셈인데, 그것 또한 불완전하다는 것이 시인의 진단이다.

　　무엇과 섞이기 전에는 시멘트라 부르고
　　섞이고 난 후에는 콘크리트라 부르지요
　　거기에 철근까지 끼워 넣는다면
　　이 좋은 배합, 이 같은 다정함이 어디 있나요

　　그러나 이 좋은 관계도 점점 부식될　때가

　　세상에서 아무리 다정하게 합해져도
　　그저 한때의 후광이었다는 거
　　내게 단 한사람으로까지 지칭되던 그도
　　그저 한 순간의 후광이었다는 것을
　　남들 보기엔 완벽해 보이는 이 물질들도
　　서서히 상해 가는 과정을 비껴갈 수 없듯

　　가을이 잠깐 생각 할 여분을 보태주어

　　이리와 봐, 여기 벤치에 등을 맞대고 앉아

왜 이렇게 덧없는 후광 속에 제 몸을

보태줘야 하는지는 잠시만 접어두고

그저 뜻 없이 불어오는 건들바람에게

당분간만 맡겨 봐요

누구와 혹은 무엇과도 섞이기 전의 나로

남아있게 혹은 그것에 못지않게

그러면 내가 담쟁이덩굴의 몸체 같이

휘둘려 쓴 삶을 알아들을 수는 있을까요

— 「콘크리트에 관한 굳은 생각」 전문

철근과 시멘트가 결합된 콘크리트concrete는 그 어휘 자체에 단단히 결합되어 있다든가 응결되어 있다는 의미를 함의하고 있다. 단단함과 굳어짐에 대한 대표적인 물질이 콘크리트인 셈인데, 시인은 "이 좋은 관계도 점점 부식될 때"라든가 "서서히 상해가는 과정을 비껴갈 수 없듯"이라고 하면서 해어지거나 부식되는 것을 피할 수 없음을 강조한다. 그러니까 콘크리트란 단단히 결합된 혼합물이라고 할 수 있지만, 그것은 세월의 파괴적 힘에 맞서 싸울 힘이 없으며 퇴락하고 부패할 수밖에 없음을 직시하고 있는 것이다.

물론 여기서 혼합물은 한 개체를 구성하는 요소들의 결합을 의미하는 것은 아니며, 개체들 사이의 관계와 유대의 끈끈한 결합을 의미하는 것이다. 그런데 페시미스트적인 시각을 지닌 안정옥 시인은 이러한 유대라든가 관계 또한 매우 불완전하며 한 시적인 것에 불과하며, 오히려 개인의 진정한 삶을 방해하는 요소로 간주하고 있다는 것이다. "그저 한 순간의 후광이었다는 것을"이라는 표현이라든가 "왜 이렇게 덧없는 후광 속에 제 몸을/ 보태줘야 하는지" 등의 구절들을 보면, 타인과 맺는 관계라는 것이 상대적이고 가변적인 것이어서 결코 거기에 의존할 만하지 않다는 생각을 분명히 한다.

시인이 이처럼 타인과의 유대와 관계를 부정하고 폄하하는 것은 그것이 "누구와 혹은 무엇과도 섞이기 전의 나"를 상실하고 망각하게 하기 때문이다. 시인의 이러한 의식의 흐름을 지켜보면, 시인의 삶의 지향이 불교에서 말하는 본래면목本來面目, 즉 모든 사람들이 본디부터 지니고 있는 자연적이고 천성적인 본성을 향해 있는 듯한 생각이 들기도 한다. 모든 인위적이고 조작적인 것이 없는 타고난 본래대로의 모습으로 돌아가는 것, 하나의 페르소나를 강요하는 상징계적 질서의 안으로 들어오기 전의 상태인 실제계로 돌아가는 것이 시인의 궁극적인 지향으로 보인다는 것이다. 거기에는 아무런 억압과 강요도 없고, 불만과 스트레스가 없으며, 도덕적 판단과 가치도 없을 것이다. 하지만 시인은 상징계를 살아가고 있으며, 더구나 다음 시에서처럼 타락한 혼합물의 세계에 거주하고 있다.

> 내가 흔들릴 때조차도 혼자는 못하지
> 사방이 푸근한 당신에게 들러붙어
> 당신이 먹을 밥에 몰래 숟가락질해가며
> 잔뜩 기대어 이 세상 가볍게 조금만,

아니 엄청 많이 편하게 살려는

내 마음을 숨길 수가 없다는 뜻이겠지

당신의 발밑에서 숨듯

꽃 피우는, 당신이 있어 내가 있는

그게 바로 나지 담뱃대더부살이야

속은 더없이 화려하지 그게 바로 나지

— 「억새였어, 당신은」 전문

"담뱃대더부살이"는 억새 뿌리에 달라붙어 살아가는 기생식물로 담뱃대를 닮아서 그렇게 이름 붙여졌다 한다. 그러니까 담뱃대더부살이는 지금까지의 시적 논리에 의하면 하나의 혼합물로서 억새라는 다른 혼합물과 단단히 결합된 혼합물이기도 하다. 그런데 담뱃대더부살이가 억새와 하나의 혼합물을 이루려는 것은 억새에 기대어 "이 세상 가볍게", "아니 엄청 편하게 살려는" 욕망 때문이다. 물론 여기서 담뱃대더부살이는 시인 자신의 욕망을 대변해주는 은유물이며, 그러한 점에서 이 시는 혼합물인 자신에 대한 냉철한 반성과 성찰의 시라고 할 수 있다. "속은 더 없이 화려하지 그게 바로 나지"라는 대목을 보면, 자신의 처지와 본성에 대한 냉혹한 판단과 평가를 내리고 있음을 확인할 수 있다.

　세계를 구성하는 주체들은 모두 혼합물의 존재자들이며, 세계 또한 관계라는 혼합물의 세계라는 것, 그런데 그 혼합물들은 퇴락하고 부식하고 있으며 어떠한 혼합물도 온전히 그 결합을 유지할 수 없다는 것, 더구나 그러한 혼합물은 한 개체의 본래면

목을 해치고 가리며, 그로 인해서 삶의 방향감각을 상실케 한다는 것 등의 시적 인식을 볼 수 있었다. 더구나 혼합물의 세계에 참여하고 있는 시인 자신 또한 그러한 혼합물을 통해서 좀 더 안락한 삶을 꿈꾸는 지극히 속악한 본성의 소유자라는 인식에 이르면 안정옥 시인이 지닌 페시미즘의 근원을 확인할 수 있는 듯하다. 그렇다면 이러한 속악한 세계 속에서 시인은 어떻게 살아가야 하는가?

3. 가치론, 우리의 삶이란 무엇인가?

이른 겨울의 5시 반쯤은 어둠과 덜 어둠의 전환
어둠은 덜 어둠이 뿜어내는 환상이다
창문을 통해 내다본, 밖이란 삶 덩어리
저무는 도시처럼 사람들도 저물어가는 장면이다
걸어가는 사람들 중에 대다수는 그 외 사람들

그렇게 막 사라진 거리는 영화의 첫 장면
첫 장면은 거의 함정이다 그 장면을 놓치면
감독이 깔아놓은 유리다리를 건너가지 못한다
한 번 지나간 사람을 되돌려 올 수 없듯이
그러니 숨죽이며 들여다볼 수밖에

암시의, 첫 장면에서 대부분은 결정이 난다

오래 견딘 후에야 알게 되는 것들 있듯
셀레니케레우스를 막 들여다보기 시작한다
너를 이제 막 알아가기 시작했는데, 늦게 왔나
삶이 분명해지려는데, 손에 잡힐 것도 같은데

영화는 종반을 향해 가는데 앞으로 돌릴 수 없다
1년에 단 하루 밤, 보름달에 핀다는 그 꽃,
처음으로 너를 이제 알아내기 시작 했는데
저무는 도시처럼 우리 모두는 전환되고 있다
관람석에 앉아서, 영화의 한 장면으로 여기듯
— 「저무는 도시에 어울릴만한」 전문

    한 개체의 삶이란 초기조건에 따라 이미 결정되어 있다는 것, 그래서 우리는 삶을 꾸려가는 데 있어서 많은 자유를 가지고 있는 것처럼 착각하지만 실은 초기조건이 설정한 궤도에서 벗어나 새로운 길을 개척한다는 것은 어렵다는 것, 그런데 우리는 그러한 사실을 너무 늦게, 저물어가는 황혼녘에서야 깨닫게 되다는 것, 하지만 그런 사실을 깨닫게 되면 이미 삶은 저물어가기 시작했기에 어찌할 수 없다는 것 등의 비관적인 삶에 대한 시각들이 개진되고 있다. 결국 "한 번 지나간 사람을 되돌려 올 수"는 없는 노릇인데, 우리는 항상 늦게 깨닫고 그러한 열망을 느끼지만, 그것들은 "오래 견딘 후에야 알게 되는 것들"이기에 후회와 미련, 회한과 한탄의 태도 외에 다른 삶의 태도를 취하기 어렵다는 것이다.

그러한 단적인 예가 "셀레니케레우스"이다. 셀레니케레우스는 선인장과의 희귀 다육식물로 1년에 단 하룻밤만 황홀한 향기를 내뿜으려 꽃을 피운다고 한다. 그러니까 이 꽃은 어떤 가치의 일회성이라든가 유한성의 의미를 함축하고 있는 식물이라고 할 수 있는데, 시인은 이 꽃을 이제 "막 들여다보기 시작했"고, "이제 막 알아가기 시작했는데" 어느새 인생은 황혼으로 저물어가고 있다. "1년에 단 하루 밤, 보름달에 핀다는 그 꽃"을 이제 막 대면하기 시작했고, 알기 시작했는데 이미 날은 저물어가고 있는 것이다. 그러니까 우리는 일회적인 인생의 가치와 소중함, 그리고 그 고유하고 개성적인 삶의 궤도를 너무 늦게 자각함으로써 사후적이고 추체험적으로 시간을 거슬러서 회고하는 형식을 통해서만 인생을 관조할 수 있는 것이다. 시인이 생각하기에 그러니까 인생이란 회한과 탄식으로 점철될 수밖에 없는 구조를 지니고 있는 셈이다. "영화는 종말을 향해 가는데 앞으로 돌릴 수 없다"는 시적 진술이 시인의 생각하는 인생의 구조와 딜레마적 상황을 절박하게 표현해주고 있다. 게다가 우리 인생은 시간의 흐름에 따라서 어서 종결에 이르고자 하는 무의식적 충동, 즉 타나토스적 충동을 지니고 있기까지 하다.

> 벚꽃도 그랬지만 붉게 물든 잎도 뛰어나요
> 지나가던 건들바람이 흔들어대니
> 그윽하게 앉아 있던 내게도 잔물결 쳐요
> 낙엽에게도 제 안이 있긴하지요
> 저리도 붉게 타오르던 때가

모든 사물 앞에서 사람들은 자기 위주로

조종하고 있다는 것을 알긴해요

내가 격해있을 때 아무리 아름다운 것들도

다 보여 지지 않는 초생 달과도 같지요

저 앞 유유히 흐르고 있는 강물이,

모두 다 내 마음이 통째로 떠 있다는 게

느껴져요 제대로 마음을 세워주지 못하면

엉뚱한 곳으로 끌려갈 수 있어요

죽음마저도 손잡고 같이 나설 수 있다는

그러니까 살아있다는 것은 죽은 것을

두 팔로 안고 있어야 한다는 말이지요

그러니 건물 꼭대기에서 낙하하거나

붉은 나뭇잎이 떨어진다고 슬퍼말아요

누구나 그럴 수 있어요 단호하게 일어나

대담하게 그것들과 함께하리라 일어서는

그때, 나보다 먼저 내 앞을 가로 막는 사람,

몇 달 전에 죽은 엄마의 희미한 형체네요

— 「저리도 붉은 것이」 전문

벚꽃도 아름다웠지만 바람에 흩날리며 낙화를 감행했고, 붉
게 물든 잎도 뛰어나게 아름답지만 낙엽이 되어서 떨어진다. 모
든 존재자들은 "저리 붉게 타오르던 때가" 누구나 그 내면에 가
지고 있는 것이 사실이지만, 지상에서 끌어당기는 힘에 의해서
떨어지게 되어 있다. 그리고 또 하나 "저 앞 유유히 흐르고 있는

강물"이 상징하고 있는 것처럼 흐르는 시간의 자장에서 벗어날 수 없기에 모든 존재자들은 또한 시간의 흐름에 따라서 흘러야 한다. 시인은 흐르는 강물을 보면서 "모두 다 내 마음이 통째로 떠 있다는 게/ 느껴"진다고 전제하고 "제대로 마음을 세워주지 못하면/ 엉뚱한 곳으로 끌려갈 수 있어요"라고 하면서 "죽음마저도 손잡고 같이 나설 수 있다"는 것을 강조한다. 그러니까 시간의 자장 속에 있는 인간들의 마음은 그 흐름에 편승하여 하류에 도달하고 싶다는 것, 그리하여 잠을 자는 것처럼 쉬고 싶은 충동을 지니고 있다는 사실을 무의식적으로 자각하고 있는 셈이다.

물론 시인은 "몇 달 전에 죽은 엄마의 희미한 형체"가 가로막는 바람에 그러한 흐름에 동승하지는 못했지만, "그러니 건물 꼭대기에서 낙하하거나/ 붉은 나뭇잎이 떨어진다고 슬퍼말아요/ 누구나 그럴 수 있어요"라고 하면서 죽음 충동인 타나토스는 모든 존재자들이 공유하는 본능이며, 자연스러운 충동임을 확인하고 있다. 인생이란 항상 초기조건에 의해서 결정되어 있는데, 우리는 그것을 저물어가는 즈음에서야 파악하면서 회한의 형식으로 삶을 수용하게 되어 있고, 중력과 시간의 파괴적 힘에 의해서 우리는 수시로 죽음을 끌어안으려는 타나토스적 충동을 지니고 있다는 시인의 삶에 대한 인식은 역시 몹시 비관적일 수밖에 없다. 안정옥 시인의 시를 읽다보면 세계와 존재자들의 형상에 대해서 비애와 연민의 감정이 일어나는 것을 어찌할 수 없는데, 이러한 시적 인식이 그러한 정동의 동인이라고 할 수 있을 것이다. 회고적 형식을 통해서 삶에 임할 수밖에 없고, 수시로 죽음 충동을 겪으며 살아갈 수밖에 없다면 우리의 삶은 어떻게 경영되어야 할까?

　　향나무 아래 앉아 아무 일 하지 않고 멍하니, 둔하게, 머물러 보려 했다 생각만으로 삼년이다 틈을 내 앉아 보면 몇 분도 안 돼 다른 곳으로 불러들이는 누군가가 있다 이것이다 하면 저것이라고 속닥여 주는 내 안의 또다른 망상

　　내가 태어난 가을 오후도 하루였고 떠나갈 오후도 하루, 모두가 하루 안에 이루어지고 하루가 가기 전에 기울어진다 그에게 등을 돌렸던 나도 하루에 쉽게 넘어가 그랬을 것 내게 등을 돌렸던 그도 하루에 쉽게 넘어가 저질러졌을 것 하루를 헛되이, 그러니 역시 나의 하루다

　　하루가 넘어가기 힘든, 밤늦어 텔레비전에서 오고 있는 몸짓인지 가는 몸짓인지 모를 소똥구리 한 마리 온다 와, 내가 잠자리에 쉽게 들지 못한다는 걸 아는지 모르는지 더러운 소똥을 굴리면서도 망상 같은 건 애초에 없다는 듯 위풍당당한 뒷걸음질로 하루를 잘, 그러니 역시 그의 하루다

　　—「하루를 어떻게 기록하고 있나」전문

　선조적線條的 시간의 관점에서 볼 때, 과거는 이미 지나가 버렸고, 미래는 아직 오지 않았기에 존재하는 것은 '지금―여기'일뿐이다. 실존적 인간들은 순간순간 '지금―여기'를 살 뿐이다. 단

위를 확장해 보면, '오늘-여기'라고 할 수 있다. 어제는 이미 지나갔고, 내일은 아직 오지 않았기 때문이다. 그래서 모든 인생의 사유와 향유와 판단과 결단은 오늘 이루어지는 것이다. 그런데 오늘이라는 시간은 온갖 망상에 의해서 가지런히 정리되지 않는다. "몇 분도 안돼 다른 곳으로 불러들이는 누군가가 있"고 "이것이다 하면 저것이다고 속닥여 주는 내 안의 또 다른 망상"이 하루를 가지런히 정리하고 기록하는 것을 방해하는 것이다.

하루를 기록한다는 것은 물론 하루를 살아내는 것이다. 그런데 하루라는 것이 망상으로 가득 차 있다면 그것을 어떻게 살아내고 기록할 것인가? 앞서 시인의 시적 인식에서 인생이란 초기에 이미 결정되어 있고, 우리는 저물녘이 되어서야 그것을 알게 된다고 강조한 바 있다. 회한과 한탄의 삶의 형식만이 존재했던 것이다. 그렇다면 하루를 살아가는 것은 곧 과거를 다시 불러올 수밖에 없을 것이다. 과거를 다시 당기기가 그것인데, 이러한 메커니즘을 실현하고 있는 대상이 바로 "소똥구리"이다. 그것은 "망상 같은 건 애초에 없다는 듯 위풍당당한 뒷걸음질로 하루를 잘" 기록하고 있다. 그러니까 앞을 내다보고 삶을 계획하거나 새로운 길을 창출하는 것이 아니라 뒤를 바라보면서 나아가 하루를 지나온 흔적을 남기는 것이다. 이를테면 앞으로 걷는 것이 아니라 뒤로 걷는 것과 같다. 앞을 내다보지 않는 삶의 형식, 뒤를 보면서 앞으로 나아가는 삶은 맹목적이고 퇴행적인 삶의 형식이 아닐까? 시인은 대안으로 "천천히"와 "한 번만 더"의 형식을 제시한다.

누구나 갖고 있는 부적, 자신을 보호하기 위해 입력해 놓은, 내게는 천천히와 한 번만 더의, 천천히는 앞 뒤 가리지 못하는 걸 탓하려는 것, 한번만 더는 상대편에 관한, 한번만 더가 내 앞이라면 내 일생동안이 되었을 것이고 내 앞에서 이것도 저것도 아니었다면 남의 일생동안이 되기도 했다 이미 정해진 몇 번 오진 않는 굴레도 있긴 하다 그 외 자질구레한 것들, 길고양이가 한 번 더 내게 온다면 그 이름을 버려야할 것, 한동안 내 손에 쥐어 주던 문예지가 한 번 더 와준다면 계속쥐고 있을 것 같다 당신이 내게 한번만 더 와준다면 당신에 대한 그리움을 버릴 것 같다 그러나 매번 한번만 더, 내게 중얼거리면 책은 다음에 끊기었다 고양이는 다시 오지 않았고 수려한 꽃 앞에 다시 서는 일은 없어졌다 당신은 더 오지 않을 테고 그렇다고 쉽게 오는 법도 없듯 아카시아 꽃 냄새가 어깨에 차오른 후, 그 틈 놓치지 않는 개구리의 울음 부여잡고 난 뒤다 당신 옷에서 풍기던 매캐함 맡은 후에야 밀려오듯 매캐한 당신의 땀 냄새를 맡고 난 뒤에야 삶의 진국 같은 걸 알아차렸다 그것이 한번만 더가 갖추고 있는 부적에 숨겨진 나에 대한 정중함이다

　　—「나비 부적」 전문

부적符籍이란 잡신을 쫓고 재앙을 물리치기 위한 어떤 신령스러운 사물인데. 시인은 자신을 지켜줄 부적으로 "천천히"와 "한번만 더"를 내세운다. "천천히"란 시인이 지적한 것처럼 "앞 뒤 가리지 못하는 걸" 방지하기 위한 방책인데, 뒷걸음질의 삶의 형식에서 매우 요긴한 방책일 수 있음을 짐작할 수 있다. 그런데

"한 번만 더"라는 부적은 시인의 삶을 어떻게 지켜주는 것일까?

시적 공간에서 "한 번만 더"라는 시인의 부적은 특별히 효과를 발휘하지 못하고 있다. 한 번만 더 와줄 것을 바란 고양이는 오지 않고, 책도 다음에 끊기었다. 특히 한 번만 더 오기를 간절히 바라는 당신은 "더 오지 않을 터"이다. 그러나 "한 번만 더"라는 부적은 "삶의 진국 같은 걸 알아차리"게 하고, "내 삶에 대한 정중함"을 지니도록 하는 효과를 발휘한다. 왜 이러한 효과가 발생하는 것일까? 그것은 누적의 효과 때문일 것이다. 회한의 형식으로 과거를 돌아보는 삶, 중력과 시간의 자장으로 떨어지고 저물어가는 삶, 과거를 다시 당기며 뒤를 보고서 하루를 기록하는 삶은 모두 '지금—여기, 혹은 '하루—여기'에서 이루어진다. 모두 순간의 예술이라 할 만하다. "한 번만 더"는 그 한없이 가볍고 경박한 삶의 형식을 포개고 채워서 무게를 만드는데, 그 무게의 구체적 형상이 "당신의 땀 냄새"라고 할 수 있을 것이다. "한 번만 더"라는 삶의 부적은 시시포스의 노동을 닮아 있다. 언덕으로 돌을 나르고, 굴러떨어지면 다시 올리는 무한 반복의 노동, "한 번만 더"는 상하고 부패하는 혼합물의 세계, 떨어지고 저물어가는 삶의 형식에서 시인이 붙잡고 있는 "파주把住"로서의 마지막 잎새 같은 것은 아닐까?

안정옥 시집

다시 돌아 나올 때의 참담함

발   행 2022년 4월 5일
지 은 이 안정옥
펴 낸 이 반송림
편집디자인 김지호
펴 낸 곳 도서출판 지혜 · 계간시전문지 애지
기획위원 반경환 이형권
주   소 34624 대전광역시 동구 태전로 57, 2층 도서출판 지혜 (삼성동)
전   화 042-625-1140
팩   스 042-627-1140
전자우편 ejisarang@hanmail.net
애지카페 cafe.daum.net/ejiliterature

ISBN : 979-11-5728-466-5 03810
값 11,000원

안정옥

안정옥 시인은 1990년 『세계의 문학』을 통해 등단했고, 시집으로 『붉은 구두를 신고 어디로 갈까요』, 『나는 독을 가졌네』, 『나는 걸어 다니는 그림자인가』, 『아마도』, 『헤로인』, 『내 이름을 그대가 읽을 날』, 『그러나 돌아서면 그만이다』, 『연애의 위대함에 대하여』 등이 있고, 애지문학상을 수상한 바가 있다.

안정옥 시인의 열 번째 시집인 『다시 돌아나올 때의 참담함』은 이 세계의 혼합물과 그 부식腐蝕의 세계에 대한 비가悲歌라고 할 수가 있다.

이메일 : anock925@hanmail.net